# 持續狩獵史萊姆三百年，不知不覺就練到 LV MAX 15

Morita Kisetsu
森田季節
illust.紅緒

## 亞梓莎・埃札瓦（相澤梓）

本作的女主角，以「高原魔女」的稱號廣為人知。是個轉生成長生不老的魔女，外貌永遠維持17歲的女孩子（？）。雖說在不知不覺間成為世界最強，導致她遭遇許多麻煩事，卻也因此擁有多位家人，從此過上幸福的生活。

恆心就是力量，
我就只是持之以恆罷了！

小女子名為別西卜！
是魔族之國的農業大臣!!

## 別西卜

被稱為蒼蠅王的高等魔族，是魔族的農業大臣。將法露法和夏露夏視為自己的姪女般十分疼愛，經常往來於魔界與高原之家兩地。對亞梓莎來說是個可靠的「大姊姊」。

Benio

## 法露法＆夏露夏

由史萊姆的靈魂凝聚而成的妖精姊妹。姊姊法露法是個性情坦率且不做作的女孩子。妹妹夏露夏則是心思細膩又善解人意的女孩子。她們都最喜歡自己的母親亞梓莎。

媽咪～媽咪～！最喜歡媽咪了！
……即使身體再重，也要讓心情保持輕鬆。

## 萊卡＆芙拉托緹

住於高原之家的紅龍少女&藍龍少女。被亞梓莎收為徒弟的萊卡是個努力向上的好女孩。服從亞梓莎的芙拉托緹是個精力旺盛的女孩子。由於兩人皆為龍族，因此經常互相競爭。

亞梓莎大人，我今天也會全神貫注努力精進的！
芙拉托緹會比萊卡更努力的！

## 哈爾卡拉

拜亞梓莎為師的女精靈。儘管活用自己對香菇的知識成立了公司，是個不折不扣的社長大人，但在高原之家裡經常「搞砸事情」，是家中的小天兵。

那麼，今天要吃什麼才好呢♪

## 羅莎莉

住在高原之家的幽靈少女。對於不會害怕身為幽靈的自己，甚至願意伸出援手的亞梓莎敬愛有加。可以穿牆且無法觸摸人類，另外能附身在活人身上。

## 桑朵菈

因培育了三百年而擁有自我意識且能夠自主行動的曼德拉草少女。是一株不折不扣的植物，住在高原之家的家庭菜園裡。儘管喜歡逞強又愛面子，卻有著怕寂寞的一面。

## 佩克菈（普羅瓦托・佩克菈・埃莉耶思）

魔族的國王，是個喜歡濫用自身職權和影響力捉弄亞梓莎與身邊部下，性情宛如小惡魔的女孩子。其實有著「想服從比自己更強之人」的受虐狂特質，對亞梓莎深愛到無法自拔。

## 梅嘉梅加神

讓亞梓莎轉生至這個世界的始作俑者。是個性情開朗溫和卻行事馬虎迷糊，足以象徵此世界民情的女神。十分寵愛女性，面對女性時往往會特別寬容。

希望能請亞梓莎小姐來幫忙呢～

小娃娃！是想讓我也把妳變成青蛙嗎？

## 仁丹女神

自古以來就受人景仰的女神，總愛擺出高高在上的態度，最令人傷腦筋的地方是一旦看人不爽就想立刻把對方變成青蛙，但在敗給人類（突破等級上限的亞梓莎）以後有稍微收斂點。

## 蒂嘉（蒂嘉利托斯提）

是此世界自古以來就存在的古神，個性奔放，說話怪腔怪調，能隨心所欲改變自身的形體。由於其他神明擔心她的一時興起會導致世界崩潰，因此將她封印於地底深處。當她被解開封印並敗給亞梓莎之後，便待在仁丹身邊盡情享受地表的生活（變換外表是造成混亂的主因，於是固定維持現在的形體）。

仁丹果然還在生氣～！

## 悠芙芙

水滴妖精（水之妖精的一種），擁有就連亞梓莎都無法抵抗的最強包容力，堪稱是大家的媽媽，非常喜歡照顧人。

## 凱荷茵

黑暗精靈怪盜，在寄送犯案預告信至哈爾卡拉的美術館後，與亞梓莎等人展開對決（最終落網了）。並為洗刷祖先「馬可西亞不服輸侯爵」留於後世的汙名而四處犯案，但她以一名竊賊而言是笨拙到完全沒有能力勝任，同時是個注重禮義廉恥的「好人」，所以根本不適合成為怪盜。

## 武史

因體術登峰造極而能夠化成人形的武道家史萊姆，想打造出最強格鬥術「武史流史萊姆拳」，卻又俗氣到有著愛錢的一面，在拜別西卜為師之後開始接受修行。

# 遇見摩諾利斯族



別西卜於日前來訪時曾說過以下這段話。

「小女子下次會去拜訪一群很有趣的魔族，要是妳方便的話就帶女兒們一塊來。到時先來范澤爾德城會合，之後再騎乘飛龍前往。」

「既然妳問我是否方便，表示我可以不帶女兒們一起去囉？」

「不行，無論如何都要帶她們來。」

「那妳一開始這麼說就好了嘛。」

如果我隻身赴約，別西卜八成會明顯露出失望的態度。

「倘若妳一個人跑來，休想小女子會帶妳去，而且也不會幫忙安排飛龍。」

「妳也太惡劣了吧！」

儘管這樣鬥嘴對我們而言是家常便飯，但既然別西卜都已訂下日期，假如我毫無理由就拒絕邀請，她勢必會繼續對我冷嘲熱諷。

反觀我們平時大多都是閒閒沒事做。

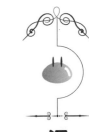

別西卜指定的那天同樣也沒有安排。
於是我、法露法、夏露夏以及桑朵菈，在萊卡的載送之下前往魔族國度。
雖說四名成人共乘會相當擁擠，不過這次是另外三人皆為孩子，因此乘坐起來還算舒適。順帶一提，坐在最前面的是我，之後依序是桑朵菈、夏露夏和法露法。
「後面的兩人不要緊吧？」
「媽媽放心，我有用藤蔓固定住大家。」
能看見桑朵菈也將藤蔓伸到我身上。老實說我挺懷疑曼德拉草是否長有藤蔓，但既然她都能夠化成人形，這點變化也就不值一提了。
「媽咪，藤蔓有牢牢固定住我們的身體喔～！」「甚至感受不到一絲顛簸。」
後頭傳來兩人的回應。看來這藤蔓足以媲美安全帶。
「不過有趣的魔族是什麼意思？總不可能是指很擅長搞笑的魔族才對……」
「亞梓莎大人，有趣一詞也包含新奇的意思，或許這次是去拜訪生態非常新奇的魔族也說不定。」
真不愧是萊卡，回答的內容也充滿知性。
「新奇的生態嗎……這樣的解釋聽起來是很貼切，可是就某種層面上來說，每一種魔族的生態都十分新奇。」
從人類的基準來看，不管是烏鴉、地鼠或袋鼠的生態都會令人感到好奇。雖然我不確定這個異世界是否有袋鼠存在，但八成是有才對。
當然龍族與妖精的生態同樣令人好奇，就算他們的生活方式與人族差不多，但肯定存在著各種文化上的差異。
至於魔族絕對是更加五花八門。
魔族與其說是特定種族的名稱，不如說是泛指居住於魔族土地上的一切智慧生物，因此自然是種類繁多。
換言之，理應有許多魔族的生活方式都相當奇特。
「法露法想欣賞蛻皮的過程～畢竟人家到現在都不曾見過。」
「夏露夏想看看尾巴被切斷後又再生的樣子。」
「上述情況絕無可能發生在人族身上，但魔族之中應該有這類存在喔……」
原因是也有外觀接近蜥蜴的魔族。
話說龍族會蛻皮嗎？他們的外表與蜥蜴是有些相似，不過我擔心這個問題會冒犯到萊卡，於是決定保持沉默。
**「吶吶～～龍族會蛻皮嗎？希望能幫身為植物的我解惑一下。」**
桑朵菈直言不諱地開口發問！

「我們不會蛻皮……至少依我所知，沒有任何龍族會蛻皮！」

以結果來說，多虧桑朵菈讓我獲得龍族不會蛻皮的情報。

嗯……假如萊卡或芙拉托緹會蛻皮留下空殼，想想還挺可怕的……

為了安全著想，沿途有讓萊卡休息與前往旅店過夜，最終在別西卜指定的前一天下午抵達范澤爾德市區。

當天晚餐是接受佩克菈的款待。

因為聽說別西卜也會參加，我想說這不失為一個好機會便答應了，這樣恰好能讓女兒們學學餐桌禮儀。

在享用晚餐時，佩克菈像是想到什麼似地開口說：

「對了，別西卜小姐，記得妳明天會去石碑山丘出差吧。」

佩克菈似乎對農業大臣的行程瞭若指掌。

「沒錯，小女子明日會前往闊別已久的石碑山丘。」

這似乎就是當地的地名，難道該處一如名稱是有興建石碑的山丘嗎？

「那裡會出產當地特有的農作物。先不論是好是壞，總之當地居民鮮少會有變化，因此農作物也都未經改良，以原生種的方式保留下來。」

聽完別西卜的這番話，令我不禁心生疑竇。

「吶，為求謹慎我先確認一下，當地居民是否會不太歡迎外來者嗎？」
我並不擔心自身安危，而是這次帶著女兒們前往，所以想先行確認。
「放心，石碑山丘沒有排外的意識形態，就只是不太動而已。」
不太動是什麼意思？
所謂的土地原則上都不會動吧。
「說得也是～由於當地住著幾乎不太需要賺錢的種族，因此居民們的生活都很悠哉，或許算得上是魔族之中最缺乏變化的地區呢。」
根據別西卜和佩克菈的話語，似乎是一群不太會動的魔族，該不會是平常總待在原地的種族吧？
「我懂了，那裡是石像鬼的村子吧。畢竟這個種族平常是維持石像形態。」
「妳猜錯囉，另外石像鬼需要進食，平常都會四處移動，基本形態為石像的說法就只是偏見罷了。」
「既然如此，難不成該種族是類似會行動的鎧甲嗎……？」
「也不對，另外能行動的鎧甲並不屬於魔族而是魔物，它們不具備可以溝通的智慧。」
這麼一來，當地居民究竟是什麼種族？
「那妳就別再賣關子，直接把他們的種族名稱告訴我們嘛。」

桑朵菈似乎也很好奇。

「那可不行，小女子就暫且繼續賣關子，不過倒是可以給妳們一點提示。」

別西卜開心地揚起嘴角，狀似在思考要給出怎樣的提示。

我小聲對法露法說：

「吶，妳只要說『別西卜小姐，如果不說答案的話，我就不來找妳玩了』，她就會立刻講答案喔。」

「喂！妳那麼做是犯規喔！一個人再卑鄙也該有所限度！」

挨罵了。也對，利用孩子達成目的實在是不妥。

「嗯～有了，石碑山丘住著一群突出的居民。」

「突出？是說那些居民十分前衛或古怪嗎？」

所以是個許多居民都擁有藝術家氣質的地方嗎？

我的腦中浮現出一座當地魔族都穿著奇裝異服的城鎮。

「這樣確實稱得上是有趣的地方，夏露夏感到十分好奇。」

「既然如此，那裡也有許多類似美術館的場所囉。」

萊卡被藝術的部分所吸引。怪不得別西卜要我帶女兒們過來，畢竟那是個很有文化的地方。

不過我注意到這個猜測與別西卜她們說過的話語互相矛盾。

「啊、藝術發達的地方是不可能會『缺乏變化』。」

儘管有不少藝術家也很注重傳統，但看在並非藝術家的別西卜眼中，應該不會覺得是『缺乏變化』。

「放心吧，等妳們明天前往當地就會明白了，而且是一看便會明白。畢竟機會難得，就給妳們一個驚喜，小女子是不會說出答案的。」

別西卜一臉得意洋洋地說著。

「夏露夏，妳對著別西卜說『快把答案告訴我，要不然我就不來找妳玩』。」

「就叫妳不許利用女兒們做壞事啊！」

◇

隔天，我們乘坐飛龍前往有一群很有趣的魔族們所居住的土地——石碑山丘。

「既然該處名叫石碑山丘，夏露夏猜測那裡是有著悠久歷史的地方，現場陳列著許多記載各種事蹟的石碑。」

原來如此，這麼說也挺有道理的。

夏露夏在抵達目的地之前就顯得十分興奮，雖然臉上表情不太有變化，但我能看出她此刻情緒高昂。

不過那樣可以稱為有趣嗎？當然對於夏露夏和萊卡而言肯定是很有趣啦。

「對耶，石碑山丘這名字聽起來很有古代都市的感覺。」

「反正等妳們抵達之後就會明白了。」

早已知曉答案的別西卜揚起嘴角竊笑。

看她的反應，那裡八成沒有陳列記載著往事的大量石碑。

由於讓別西卜繼續這樣稱心如意令我很不是滋味，因此我故意不去多想。

「我看答案肯定一如名稱，是個住著許多石碑的山丘，差不多就是『啊～隔壁的石碑先生早安啊』這種感覺。」

「呃……亞梓莎妳幾乎算是猜中了，問題是被妳猜中也沒啥樂趣。」

明明我只是胡說八道，結果竟被我矇對了！

飛龍逐漸降低高度，看來應該快抵達目的地了。

「快看，那裡就是石碑山丘。」

◇

當飛龍著陸之後，我很快就注意到當地的一大特徵。

現場有許多石碑——真要說來是不知能否稱為石碑，總之隨處可見黑色或紫色等各種石板，有的是立在原地，有的則是已經傾倒。

「這是什麼……？藝術家的院子嗎？」

確實有些藝術家會把公園等場所當作是自己的創作空間。畢竟有些類型的藝術是唯獨在空曠場所才能夠呈現出來。此處看起來就像是類似的展場。

我對這些東西的藝術價值是一頭霧水，但至少能感受出藝術的氛圍。

「這裡應該就是夏露夏提到陳列石碑的空間吧？」

「等等，先前都宣布妳答對了，抵達現場後反而看不出來嗎？既然妳是隨口瞎猜，小女子得取消妳猜對答案的資格……」

「等等，有時也會出現矇對答案的情況啊……」

我邊說邊接近一塊黑色石板，石板的高度約有二點五公尺吧。

石板上寫有文字，上半段是魔族語，下半段則是我們所使用的語言。

我能看懂的下半段寫著以下這段內容——

**『歡迎來到石碑山丘！這裡是摩諾利斯(Monolith)族的村落！』**

「啊、摩諾利斯是指石板或石碑那類東西吧。」

話說魔族之中還有石板這類種族啊……

「真的耶真的耶～！大家全都是石板呢～！」

法露法迅速穿梭於其中，依序站在各種石板面前，乍看之下就像是正在參觀藝術展覽。

「摩諾利斯族──這是一群有著類似石板或石碑等外觀且具有自我意識的魔族，可說是這世上最獨特的種族之一。由於在范澤爾德市區絕無機會見到他們，因此這對夏露夏而言可說是第一次接觸……」

夏露夏滿心好奇地觀察著眼前的摩諾利斯們。

「嗯～石板啊，不知樹根能否生長在他們身上。」

桑朵菈，妳這個想法有點嚇人，所以拜託妳別再說囉。

「原來如此……像這種具有自我意識的石板種族，我真是從來沒見過。像這樣一次目睹那麼多的石板，令我莫名有種身處在奇特夢境之中的感覺……」

「我能理解萊卡想表達的意思，站在這裡不禁會產生一種自己迷失於大量石碑之中的錯覺……」

放眼望去沒看見房屋之類的建築物，直到遠方都只有摩諾利斯們（以感覺來說是用「遍布摩諾利斯們」來形容會更貼切，原因是他們一個個都文風不動）。

「如何？很有趣吧？即使在魔族的領地內，也沒有其他地方充滿這麼多的石板，妳們可以好好享受這寶貴的體驗。」

「別西卜昨天給的提示可說是非常正確，這裡的居民確實是很突出……」

儘管有些摩諾利斯的頂端比較光滑，不過絕大多數都是尖尖的。

老實說我並不期待會來到類似遊樂園的地方，但想從中得到樂趣還滿講究個人喜好。

「別西卜，非常感謝妳安排的行程，可是我不知該如何在這裡尋找樂趣，希望妳能擔任嚮導——」

「小女子得去處理一些與農業有關的公務。雖說頗令人惋惜，就暫時將女兒們交給妳這位代理母親照顧囉。」

「妳說誰是代理母親啊！我才是她們真正的母親！」

別西卜沒有理會我的吐槽，她張開背上的翅膀便飛向遠方。

既然自由時間那麼長的話，我是希望她能提前介紹一下這個地方……像這樣沒有提前找好資料就已經抵達觀光區，我哪知道要參觀哪裡！

我再度扭頭觀察四周。

想當然耳，這裡就只有摩諾利斯們。

嗚哇，這情況就類似於與很熟悉國外的朋友一同出國旅遊，結果朋友一抵達目的地便決定單獨行動，自己就這麼孤零零地被人拋下了……

這下該如何是好……？倘若這裡是外國的都市，大可四處逛街欣賞當地風景，偏偏此處就只有一大堆石板而已……

話雖如此，現場有另一名家人跟我一樣顯得相當不安。

「亞梓莎大人……可以和妳一起行動嗎……？老實說我覺得很緊張……莫名有種在異國城鎮裡被人拋下的感覺……」

「萊卡，我對妳的心情感同身受！」

強如鬼神的萊卡扭扭捏捏地滿臉羞紅。

感覺萊卡在碰上這種情況時很容易手足無措。

另一方面，我的女兒們不斷往前走去。

看她們經常抬頭仰望遇見的摩諾利斯，應該是上頭有顯示文字吧。反觀我和萊卡就不具備那樣的行動力。

於是我牽起萊卡的手。

「嗯，雖然一個人行動會感到害怕，不過兩個人一起走，就莫名會覺得船到橋頭自然直吧。」

這是源自結伴一起闖紅燈就不害怕的理論，當然這世上並不存在所謂的紅綠燈。

「說、說得也是……我現在有感到鬆了一口氣。」

「這樣啊，那真是太好了，我們也四處參觀一下吧。」

© Benio

「可、可是……像這樣牽著手逛街，總覺得令人好害臊……」

萊卡到現在仍是雙頰泛紅。這丫頭的臉皮還真薄呢。

「放心，這個世界是女性之間牽手走在一起並不罕見。來，我們走吧……！話說回來，我也不清楚該往哪走……乾脆找個摩諾利斯來問問吧。」

「不過他們會願意回答嗎？其實從剛才就完全沒聽見任何交談聲……」

現場確實是一片寂靜。

縱使放眼望去到處都是摩諾利斯，卻感受不到一絲人的氣息。

於是我們走到附近那位散發著黑光的摩諾利斯面前。

「抱歉打擾一下，請問這附近有推薦的觀光景點嗎？」

**下一輛公共馬車已從前兩個站牌出發。**

**㉓行經石碑山丘醫院，終點站為食人魔谷轉運站**

竟然顯示宛如公車站牌般的訊息！

「那個……我沒有要搭乘公共馬車，而是想請問哪裡有觀光景點嗎……？」

『非常抱歉，由於我目前是擔任公共馬車的導航系統，因此不能與人聊天。』

「原來在工作啊……」

「話說回來，時刻表就顯示在下面，另外還有註明每一站的車費。」

「這完全就是公車站牌嘛……」

不過這裡到處都是摩諾利斯，應該沒人能辨識出哪個才是站牌吧……

『因為司機有時會找不到站牌在哪，造成馬車延後到站的情況，還請見諒。』

「居然還真的會找不到站牌！」

想想待在這種地方，就算一時搞不清楚該駛向何處也不足為奇。

「沒辦法了，就去請教另一位摩諾利斯吧。」

我拉著萊卡的手往前走。因為是兩人一起行動，才能夠像這樣處變不驚。

我們來到比剛才那位站牌（？）摩諾利斯更高大的摩諾利斯面前。

「那個～方便請教一下石碑山丘的事情嗎？」

『不好意思，我目前是扮演范澤爾德市區某藝術家的作品，無法為您解答。順帶一提，作品名稱是「存在」。』

「竟然真的身為一件藝術品站在這裡！」

乍看之下與其他摩諾利斯毫無分別，真會給人製造混亂……

歷經兩次挫折，我的心情逐漸冷靜下來。

既然如此，我就亂槍打鳥逢人就問。

這樣理應能找到答案才對。反正隨處都是摩諾利斯，相信總會讓我碰上一位既親切又閒閒沒事做的摩諾利斯。

我這次向一位寬度較窄、呈現直立式長方形的摩諾利斯攀談。

「那個，請問石碑山丘的觀光景點在哪裡呢？」

**『觀光景點？哈哈哈！這裡才沒有那種東西呢！』**

摩諾利斯以開朗的語氣如此自嘲！

「那、那麼，方便請教一下關於摩諾利斯族的各種事情嗎？畢竟我們不是摩諾利斯，所以對你們的生活感到好奇。」

萊卡在旁幫忙緩頰。說得沒錯，就連摩諾利斯的生態也都算是觀光特色之一。

**『好吧好吧，你們隨俺來唄。』**

摩諾利斯發出在地面拖行的聲響向前移動。原來摩諾利斯是這樣移動的啊……

「既然你以俺當作第一人稱，表示你是男性嗎？」

**『不，摩諾利斯沒有性別之分，誰叫咱們基本上就是一面石牆。』**

「呃～這麼說也沒錯啦……」

我們跟著該名摩諾利斯往前走。

這趟完全沒有任何規劃的觀光之旅算是勉強步上正軌。

**『咱們的體型大多都是直立式長方形。畢竟說起石碑（摩諾利斯）這東西，給人的刻板印象都是直立式長方形吧？』**

「經你這麼一提，確實會率先聯想到直立式長方形。」

我隨即觀察四周，最常見的就是直立式長方形。雖說也有看見橫躺在地面的摩諾利斯，卻莫名給人一種倒在地上的感覺。

**『但咱們之中還是有橫躺式的傢伙，像妳們面前的那傢伙就是如此。』**

「原來他並非躺在地上，而是長成這樣呀！」

**『那種橫躺式的經常會被批評長相，所以他們的個性大多比較自卑。』**

「沒想到就連摩諾利斯族之中，也存在著這種對於身材感到自卑的情形……」

就在這時，一名相較於摩諾利斯族十分常見、頭上長角的魔族，忽然一屁股坐在橫躺式的摩諾利斯身上。

**『看見了吧？他們經常會被人當成椅子來坐。』**

「感覺還滿令人同情的……」

下個瞬間，該名摩諾利斯向前倒下。

頭上長角的魔族當場被壓在下面，同時發出「噗呃……」的慘叫聲。

**『因為有人無故坐在自己身上，所以他稍微挪動身體。像這樣未經允許就坐在對方身上可是違反禮數。』**

「我能理解這種感受，就像我化成龍形時，若有人未經同意就坐在我背上，我也會很生氣。」

「呃～未經同意還敢騎在龍族背上的傢伙，根本就是在找死吧……」

一旦被萊卡甩到地上，遭她用火焰攻擊的話，後果可是不堪設想……

**『反觀直立式都長得很高，也就鮮少會被人當成椅子。』**

「喔～……真是讓人上了一課……」

**『話雖如此，長太高也未必是好事，妳們看那邊。』**

循著方向看去，那裡有一名細長到猶如棍棒般的摩諾利斯。

要不是身處在充滿摩諾利斯的這個地方，我可能會以為那是哪來的柱子。

此時突然颳起一陣強風。

那位摩諾利斯開始傾斜，於是連忙跳了一下恢復站姿。

**『看懂了嗎？長那樣很容易失去平衡。』**

「摩諾利斯族真是個比想像中更深奧的種族呢……」

「沒想到你們擁有如此奇妙的生態……我原本還以為你們只是一群體型全都呈現長方形的種族而已……」

儘管我無法理解他們是運用哪裡的肌肉進行跳躍，但光是這種外觀與牆壁或石板沒兩樣的存在是生物一事就已經非常奇妙了。看來生命真的是十分神祕呢。

**『附帶一提，長那麼高的傢伙大多都有接受過整形手術。』**

「整形!?」

一個始料未及的詞彙出現在我眼前。

**『嗯，就是將身體切一半，把切下的部分黏在上面，按理來說能讓身高直接翻倍。』**

「這麼做不會沒命嗎……？當然不會沒命才可以這麼做啦……」

**『摩諾利斯族的內臟並不會長在固定位置，即使被切一半也不成問題。可是就算透過整形讓自己變高，但看見天生長得高又身形穩定的摩諾利斯時還是會感到自卑，最終只會沒完沒了。換言之，除了學會接受自我以外，沒有任何方法能夠擺脫自卑感。』**

「原來摩諾利斯的生活並沒有想像中那麼單純呢……」

「乍看之下明明是與容貌最扯不上關係的種族……」

儘管這麼說有點太誇大，但我莫名從中感受到生物的原罪。

『另外雖說與整形有關，近來卻出現另類的流行。』

「「流行!?」」

我和萊卡異口同聲地發出驚呼。

『除了變高以外，最近也漸漸流行注重身形穩定的整形。比方說那位。』

只見有個宛如俄羅斯○塊——

**與英文字母L左右顛倒的摩諾利斯就站在那裡！**

『那樣一來即可讓下盤穩定，達到更好的平衡感。』

「看來確實有認真顧慮到這部分……」

『但也因此出現一群認為缺乏平衡感才帥氣的異類。就像你們人類之中，有些人會為了拉風而故意穿著破洞的衣褲對吧？』

類似於破損牛仔褲那類的時尚設計吧。或許這個異世界裡也存在著這類衣物。

『就像前方那位。』

**簡直就像是流氓會留的飛機頭！**

「那種形狀的確很容易失去平衡……像他那樣頭重腳輕的話，總覺得很容易摔倒。話說回來，他應該不是接受類似先前那種追求下盤穩定的整形手術，然後倒立站在那裡的摩諾利斯吧？」

對耶，兩者的差別只不過就是上下顛倒罷了……

**『沒那回事，我們摩諾利斯終究有上下半身的分別。就像你們人類一直維持倒立行走，即使看起來很屌也只會被旁人當成怪胎吧。』**

「你這番話說得很貼切，偏偏我們區分不了你們的上下半身！」

萊卡目不轉睛地觀察著摩諾利斯的上下半身，最後彷彿投降似地舉起雙手。

「我完全看不出來……也不像是透過色澤或形狀來區分上下半身。」

**『顏色偏黑的摩諾利斯可能不太容易辨識，但色彩偏白的傢伙就可以透過腳底的**

**汙漬來辨別。』**

「說穿了就是你們自己也分不出來嘛！」

我和萊卡直到現在還是難以消化眼前的文化衝擊。

**『當然也有天生就長得不容易維持平衡的傢伙，有些時候這種傢伙會與穩定性好的傢伙相互扶持一起過活。那邊就有個很好的例子。』**

該處能看見維持以下形狀的摩諾利斯。

**是先前那兩種身形的摩諾利斯組合在一起！**

奇怪……為何莫名覺得他們看起來有點猥褻……啊、想想摩諾利斯並沒有性別之分……

「關於摩諾利斯族的生活方式，著實超乎我的想像，當真讓我獲益良多，很慶幸自己能來到這裡，十分感謝你如此詳盡的解說。」

萊卡以禮貌到能當成楷模的態度向對方道謝。

「我也同樣上了一課，學到許多十分有趣的新知識。」

有趣——

想想這就是別西卜帶我們來這裡參觀的用意吧。而我們確實如她所料，度過一段愉快的時光。

**『那真是太好了，畢竟這對俺而言是很常見的光景。』**

「常見」？話說他是用哪裡看見的？

這個種族有太多令人好奇的部分了。

在我們閒聊的同時，擔任嚮導的摩諾利斯一路拖著身體向前移動。話說他的身體會不會磨損？既然他是生物的話，表示身體還會繼續生長（？）嗎？

**『由於這裡近年來缺乏觀光資源，因此發展出那類遊玩方式。』**

視野前方聚集著一群擁有尋常外表的魔族。

什麼嘛，這裡似乎仍有吸引一般魔族來觀光的地點。

其中一名摩諾利斯身上寫著『消方塊遊戲會場』。

「消方塊……？這麼做不會害摩諾利斯們受傷嗎……？」

摩諾利斯立刻為萊卡解惑。

**『當然並不是真的消除什麼。剛好有小朋友在玩這個遊戲喔。』**

看見「小朋友」這三個字，我忍不住一驚。

只見我的女兒們正在與魔族對戰！

「啊、這位摩諾利斯，請你往左下方移動！」

「姊姊，這種時候該採取的戰術是繼續累積，之後再利用直線方塊一口氣大量消掉。摩諾利斯，麻煩你旋轉一次移至右邊。」

「夏露夏，現在必須先降低高度！照妳那麼做會害另一邊被堵住！到時就會堆到超出上限喔！」

能看見兩隊的摩諾利斯如同俄羅斯○塊那樣，從半空中慢慢往下降……

「那個，原來你們能夠飄在半空中呀……」

**『只要別太高都沒問題。儘管這是個規則單純的遊戲，對戰起來卻挺能炒熱氣氛喔。』**

「喔～～！感覺這遊戲能讓腦力激盪呢！咦……亞梓莎大人，瞧妳好像當場愣住，請問發生什麼事了嗎？」

「也沒什麼啦，就只是覺得曾在某處看過類似的遊戲……」

我本想上前和女兒們搭話，可是看她們正熱衷於遊戲之中，令我不禁打消念頭。而且局勢與敵隊旗鼓相當，就算我是她們的母親，此刻上前害人分心就太不識相了。

「好耶～！直線方塊來了！這下子就能一口氣消掉四層！」

長條形摩諾利斯進入縫隙之後，隨即消除下層的摩諾利斯們。至於被消除的摩諾利斯們，就這麼出現在敵隊方塊的最底層。

「吶，這是透過何種原理運作的……？」

**『老實說俺也不太清楚，只聽說是巧妙運用瞬間移動魔法來做到這點。儘管摩諾利斯族無法詠唱，但族人之中也有擅長魔法的傢伙。』**

這番話莫名像是從嘴巴說出，但終歸只是摩諾利斯透過文字的方式表達出來。

「瞬間移動魔法啊……原理上的確並非辦不到……而且距離也很近。」

像我也會使用瞬間移動魔法，最多卻只能應用於閃躲敵人的攻擊，因此無法利用這招隨時前往范澤爾德市區。

「可是想無詠唱施展魔法的話，沒有具備優異的魔力理應很難辦到，難道摩諾利斯這個種族擁有某種特性嗎？」

萊卡分析得很詳細。

**『啊～兩隊摩諾利斯的落下處中間有個裁判吧，妳們仔細觀察他。』**

有位身形標準的直立式摩諾利斯就站在中央。雖然我不清楚站立一詞能否套用在摩諾利斯身上，但他在我眼裡至少像是站著。

「好耶！又一口氣消掉兩層方塊！」

桑朵菈讓摩諾利斯進入看起來能消除兩層方塊的間隙裡。

——嗡！

就在這時，位於中央的裁判摩諾利斯在身上顯示十分複雜的魔法陣！

「原來是這麼回事！一瞬間在身上描繪出魔法陣呀！」

「我能明白萊卡妳的意思，不過那種情況可以說是描繪嗎!?」

恐怕那位摩諾利斯能讓任何魔法陣顯示在自己身上，並藉此來發動魔法。

「吶……萊卡，根據運用方式的不同，它只要在魔力耗盡之前，不就可以連續施展強力魔法嗎……？」

「的確是這樣沒錯。換句話說，會施展魔法的摩諾利斯可說是相當強悍的種族呢……」

**『喔、二位是在讚美我們嗎？真令人開心呢。』**

文字下方還顯示一個笑臉符號。

看來他們的表達能力比想像中更多樣性……

聽說我出生前所推出的經典電玩，在替角色取名時最多就只能輸入四個平假名或片假名，而且濁點也算是一個文字。

相形之下，摩諾利斯顯示文字的能力就相當高水準，甚至進化到可以顯示表情符號。

**『其實就算是魔族之中，也鮮少人會對我們摩諾利斯感興趣。原因是我們安靜到十分缺乏存在感，不講話時又很難被人發現。』**

「原來你們有著這樣的煩惱呀……但若是周圍有許多聒譟的魔族，的確會出現這種情況。」

像這樣無法開口說話，有時也挺不方便的。

想來摩諾利斯也有他們自己的難處。由於大多數魔族的外表都很接近人族，因此不太會去關心摩諾利斯這個種族吧。

無論哪個世界都一樣，少數族群經常會被人忽視。

**『根據古代傳說，最大規模的摩諾利斯被當成是神聖的存在，甚至還被尊稱為【眾神的遊樂區】。不過這些是發生在俺存在於世上很久以前的事情，所以俺也不太清楚。』**

「你們確實很像是很久以前就已經存在的種族。」

該怎麼說呢？倘若真有所謂的造物主，摩諾利斯則是擁有很容易就被想像出來的外觀。如果造物主想創造方塊狀的生物，一下子就可以創造出來。即便是毫無藝術天分的神明也能夠辦到。

這個時候，萊卡從嘴裡輕輕發出「啊」的一聲。

她似乎想到什麼了。

「請問這裡有沒有可供人瞭解摩諾利斯悠久歷史的博物館呢？」

萊卡當真很喜歡鑽研歷史。

老實說連我也對摩諾利斯族有著怎樣的過去頗為好奇。

原因是他們相較於其他種族截然不同，或許擁有出人意料的歷史也說不定。

「反正我們沒有安排觀光行程，去參觀博物館也挺不錯的。」

**『博物館嗎？我們沒有這種地方，不過這裡有一位自古以來就存在的長老，大家**

**『都通稱他為箱老翁，妳們可以去請教他喔。』**

箱老翁？還真是獨特的綽號耶……

既然被冠上「箱」這個字，表示他長得滿厚實囉？難不成摩諾利斯們年老之後就會變厚？

因為有太多令我好奇的問題，總覺得提出後很容易離題，所以先暫且打住吧。

「好的，那我們這就去拜訪箱老翁，可以麻煩你幫忙帶路嗎？」

**『嗯，沒問題，雖說俺可以顯示地圖，但直接帶妳們過去會更保險。』**

儘管這位摩諾利斯性情古怪，本性卻很溫柔。

「對了，都還沒請教你的名字，請問你如何稱呼？我叫做亞梓莎，旁邊這位龍族少女則是萊卡。」

想想只記得對方是個親切的摩諾利斯還挺失禮的。但就算知道他的名字，若是他與外觀相近的摩諾利斯站在一塊，我肯定認不出來……

摩諾利斯將自己的名字顯示出來。

**『我名叫摩——85209。』**

「聽起來也太像代號了吧！」

這已經算不上是名字！而是編號才對！

**『對我們摩諾利斯而言，這樣就足夠了。順帶一提，箱老翁叫做摩——1。』**

所以他是摩諾利斯的始祖囉……

「亞梓莎大人，感覺接下來能見到傳說中的偉人呢。」

萊卡露出既期待又不安的表情。

她這副模樣當真就只像是一位喜歡吸收新知的少女呢。

等等，萊卡的確還是一名少女，也就是正處於成長期，往後會成為更優秀的龍族——

「……不，萊卡已經相當優秀了，即使沒有繼續成長也無所謂。」

「亞梓莎大人怎會忽然提到這些？另外我必須更加努力精進才行。」

想想這也是莫可奈何，畢竟萊卡失去上進心的話，也就等於變成另一個人了。

◇

在摩——85209的帶路之下，我們準備去拜訪箱老翁。

儘管聽起來很像是哪來的囚犯，可是他就叫做這個名字，我也只能這麼稱呼他。

對於摩諾利斯而言只要能辨識出個體，就不會在意名字是否可愛或帥氣。

我們穿梭於多名摩諾利斯之間，朝著村子的深處前進。

周圍的景致也隨之改變。

能看見兩側長滿樹木，來到一片像是森林的地方。

「喔～這座山丘上不光只有各種石板，原來還有這種地方呢。」

「許多種族都會覺得村子深處那片昏暗的場所特別神聖，就連人族也有類似的傾向。」

「這倒是不難理解，畢竟這類地方很容易讓人產生如此感受。」

比起城鎮內，茂密的森林更能給人帶來神祕感。

走在前面的摩——85209於背上（也可能是腹部，或兩者都不是）顯示出以下文字。

**『這裡對摩諾利斯而言是相當特別的區域，但並非有興建神殿，而是箱老翁就住在這裡。』**

「喔～表示這位箱老翁在村裡算是神官或巫女囉。」

既然如此，為了避免失禮於人，我得打起精神才行。

**『箱老翁被視為最接近神的摩諾利斯，實際上每一百年或一千年就會代替神明公布消息，除此之外的時間就只是靜靜待著。』**

能傳達神諭的箱子。

雖然就連我也覺得自己不太正經，但我不禁聯想到神社的籤筒。若是搖一搖箱老翁，他會從小洞吐出一枝寫有數字的籤，依照上頭數字取出的籤詩就是神諭。

不過摩諾利斯的體內並沒有裝著籤，更不可能準備好寫有籤詩的紙，因此不會出現我想像中的畫面。

「那個，亞梓莎大人，我想到一個滿傻眼的題外話。」

「啊～嗯，妳說吧。順帶一提，我剛剛也在想一些滿傻眼的事情。」

「這位長老通稱為箱老翁，可是我認為板老翁應該會更貼切。」

我望向前方的摩——85209。

嗯，是石板，比起箱子更接近石板。

「沒錯，稱之為板老翁會比較貼切。」

**『妳們兩個還真是口無遮攔耶……』**

摩——85209 還在文章最後添加一個傻眼的表情符號。

糟糕，該不會冒犯到他們了……？

**『但是按照一般摩諾利斯的外觀，會產生這種想法也是無可厚非，要怪就得怪俺沒有解釋清楚。』**

「話說摩——85209 你很理性耶，感覺隨時隨地都十分冷靜。」

真要說來是我想像不出率性而為的摩諾利斯……

**『距今好幾代之前的魔王，曾把我們當成擋板來侵略人族。』**

「當成擋板？」

**『相傳當年曾派遣大量的摩諾利斯，就這麼把勇者居住的城鎮包圍起來。』**

「雖說手法相當土法煉鋼，卻又很令人吃不消！」

佩克菈的個性與其說是很壞心眼，不如說是偶爾會做出一些想捉弄我的舉動。倘若遠古魔王是佩克菈的祖先，或許她這種壞心眼的個性就是源自於祖先吧……

我們在不知不覺間來到更茂密的森林裡，陽光幾乎照不進來。

由於魔族國度本就缺乏日照，因此四周昏暗到猶如傍晚。

此時，摩——85209 忽然停止前行。

**『稍微給妳們一個忠告。』**

「什、什麼忠告？」

**『畢竟我們曾經被稱為【眾神遊戲室】，相傳進入箱老翁的體內可以見到神明，但俺奉勸妳們別胡來，其實就連我們摩諾利斯都無法肯定箱老翁在想什麼，所以出事的話恕俺無法負責。』**

「嗯，這部分我們會注意的。」

與異文化交流時的首要鐵則，就是得抱持一定程度的敬意。

**『……老實說我們就連箱老翁是不是摩諾利斯族都搞不清楚，他或許是神創造的摩諾利斯族雛形也說不定……』**

依照摩——85209的態度，似乎對箱老翁感到恐懼。

不過這算是對於神聖存在該有的反應吧。

就因為給人一種不可思議或來路不明的感覺，才會被視為神聖的存在。

如果箱老翁沒事就亂爆料的話，大概就不會受人供奉了。

居然就連身為同族的摩諾利斯，也不確定箱老翁是否屬於摩諾利斯族。

他究竟是個怎樣的摩諾利斯呢？

這反而令我更加好奇。

別西卜曾經說過「這是一群很有趣的魔族」這句話，可是此情況應該已超出她的預期，現在不只是對許多事物都十分好奇的萊卡，就連我也想更加深入瞭解摩諾利斯族。

接著——

我們終於來到箱老翁的住處。

前方是一塊邊長十公尺左右的黑色立方體。

「這確實是個箱子！身形真的很厚！」

要是知道他長這樣的話，我們絕不會想稱之為板老翁的。

他比我們先前見到的摩諾利斯們都厚實許多。

萊卡目瞪口呆地仰望著眼前的箱子。

假如萊卡化成龍形，或許就不會覺得箱老翁有特別巨大，但我至少從未見過這麼大的立方體。

摩——85209在稍微相隔一段距離的地方，以右邊流向左邊的跑馬燈方式顯示出大型文字。原來他們也具備類似電子看板的功能呀。

**『偉大的箱老翁啊，我帶了兩位訪客來到這裡，要是您不介意的話，可以請您向她們解說摩諾利斯族的歷史嗎？』**

萊卡壓低音量對我說：

「那位摩諾利斯似乎感到很害怕，在距離滿遠的地方就止步不前了。」

「畢竟箱老翁與他的大小和形狀都相去甚遠……不難理解他為何會說箱老翁可能不是摩諾利斯。」

石碑山丘上沒有如此巨大的摩諾利斯，倘若箱老翁可以打開來，感覺能收納非常大量的摩諾利斯。

加上箱老翁比較像箱子而非石板，怪不得摩諾利斯會懷疑他可能是其他種族。

因為箱老翁實在太像是哪來的時代錯誤遺物……如果在地球發現這樣的黑色巨箱，八成都會以為這是未知存在的產物。

於是我們耐心等待箱老翁的答覆——

……卻遲遲等不到任何回應。

我回頭望向位於後側的摩——85209說：

「吶，箱老翁會不會因為你離太遠才看不見你講什麼？重點是摩諾利斯有辦法看見其他摩諾利斯身上顯示的文字嗎？」

因為我完全看不出來他們的眼睛長在哪裡。

**『一般來說，摩諾利斯是可以理解彼此身上所顯示的文字，只是俺無法肯定箱老翁能夠明白……畢竟他真的是從頭到腳都與眾不同。』**

在見到本尊之後，我可以理解他想表達的意思。

於是我牽起萊卡的手。

「我們稍微再走近一點吧。」

「真、真的嗎……？我擔心箱子大人會不會因此突然暴跳如雷呢？」

「如果伸手亂摸自然是很失禮，可是離太遠與人打招呼也很怪吧？另外——以他的身形，即使風再大也肯定吹不倒。」

這部分就某種角度而言是值得慶幸。

倘若立在那裡的是狀似板形巧克力的摩諾利斯，便存在著稍微失去平衡就會直接倒下的風險。

反觀箱老翁當真是個箱子。

可說是具有無與倫比的穩定性。

除非有巨人把它拿來當成骰子，要不然它是絕不會亂滾的。另外就我所知，這世上並沒有高大到能把箱老翁當作骰子的巨人。

「也對，以體型而言，一定不會出現我們俯視對方的情況，這樣也就絕對不會失禮於人。」

萊卡接受我的提議，於是我們一起往前走。

然後分別進行自我介紹。

「初次見面，您好，我是高原魔女亞梓莎。那個~我是在魔族的農業大臣介紹之下前來拜訪。附帶一提，也有得到魔王的許可。」

「我是來自紅龍族的萊卡！請您多多指教！若是您同意的話，能否向您請教關於摩諾利斯族的歷史嗎？如果您可以撥出一點時間，還請您多多賜教！」

感覺能從話語裡聽出我和萊卡在個性上的差別。

我是採取比較保險的說法，強調自己算是有透過魔族高層預約這場會面。

縱使箱老翁的身分再高，但既然我都搬出農業大臣和魔王的名號，它好歹不會把我們當成無禮之徒而發動攻擊。加上大家通稱他為箱老翁，個性理應不會太暴躁易怒才對。

雖說有得到佩克菈的許可一事是比較牽強，不過佩克菈也知道我們今天會來石碑山丘，所以並不全然算是謊話。

反觀萊卡的話語就很像是代表公司的公關用語……能感受出她有著認真負責的個性。

但是——

…………

現場仍是一片靜默。即使我們表現得如此謙卑，箱老翁也毫無反應。

他那漆黑的身體沒有顯示任何文字。

難道朝向我們的這一面，其實是摩諾利斯族的側面？

不，特地以側面朝向出入口也太奇怪了。更何況他們沒有臉的概念，也就不會區分正面、背面或側面了。

「那個～打擾一下～」

我發出比先前更洪亮的聲音，卻還是得不到任何回應。

假如是在電玩裡，八成需要在箱老翁面前使用某種特定道具，不過我相信並沒有這種東西。

「該不會是我們有做錯什麼事嗎？」

萊卡向後方的摩——85209 提問。

**『其實箱老翁原本就對我們的話語幾乎沒有反應，甚至有人認為他只會代為轉達神明的話語而已……』**

所以他只負責傳達神諭啊……那我們這樣突然來訪，向他請教關於摩諾利斯族的歷史，十之八九只會慘遭無視。

「嗯～即便它是最古老的摩諾利斯，也未必能與之交流。照此情形看來，我們也只能死心放棄了。」

確實一看就知道箱老翁是非常特別的存在，但也給人一種因為過於特殊而無法向他請教問題的感覺。

「也對……既然他都被稱為【眾神遊戲室】，出現這種結果也是理所當然。親眼目睹如此巨大的箱形摩諾利斯，無論魔族或人族都會不禁覺得這是由神明親手打造出來的東西。」

「遊戲室……難不成是眾神在他身上嬉戲才留下這樣的傳說吧。」

就連在我的前世裡，印象中也有許多關於眾神在扁平巨石上玩耍的傳說。想想古人很容易對雄偉的事物產生景仰之情。

「亞梓莎大人，情況似乎與妳猜測得不太一樣。」

看向後方的萊卡如此說著。

摩——85209 再度由右向左顯示大型的跑馬燈文字。

**『不是的，箱老翁之所以被稱為【眾神遊戲室】，根據傳說並非神明在他的身上玩耍，而是位於他的體內。』**

「是在體內而非身上？如果傳說屬實，箱老翁的體內是呈現中空囉？」

就在這時——

原本已經很昏暗的現場變得更黑了。

到底發生什麼事了!?

「亞梓莎大人！出狀況了！」

「咦!?」

我因為萊卡的提醒而把頭轉回前方。

**只見箱老翁居然朝向我們這邊倒下！**

難不成他是故意往我們的方向倒下來嗎!?

所以他擺明想傷害我們囉！

糟糕！由於沒能提前察覺，因此徹底慢了一拍才反應過來！

箱老翁就這麼朝我和萊卡的位置壓下來。

眼下已來不及閃躲了。

既然內部呈現中空，我乾脆以雙手撐住他算了。

就算無法反推回去，只要能撐住他的身體，就有時間思考對策——

◇

「——喂，喂～～起來囉，快起來吧，別老是躺在那邊快清醒啦。」

「亞梓莎大人，亞梓莎大人。」

耳邊傳來呼喚聲。

我馬上認出其中一人是萊卡，不過另外一人又是誰？

對了，我應該被名為箱老翁的超巨型摩諾利斯給壓扁了……但既然有聽見萊卡的聲音，表示她並沒有受傷，至於我也平安無事。

我緩緩地睜開眼睛。

映入我眼簾的人自然是萊卡，但重點是另一個人。

她就是仁丹女神。

「咦？為何仁丹會在這裡？」

話說這是哪裡？乍看之下很像是哪來的簡易會議室，中央處放有一張大桌子。

而我則躺在房間一隅的沙發上。

難不成我已經被箱老翁壓死了……？不，假如真是這樣，仁丹就不會表現得這麼悠哉，所以我應該沒死才對。

「真要說來，反倒是朕才很納悶妳們怎會出現在此。」

仔細一瞧，能看見梅嘉梅加神和古神蒂嘉利托斯提小姐（通稱蒂嘉小姐）都坐在桌邊的椅子上。

梅嘉梅加神朝我揮了揮手。只不過梅嘉梅加神生性悠哉，無法透過她的態度來衡量事情的嚴重性。

「不好意思，麻煩先解釋一下現在是什麼情況……」

我腦中仍一片混亂。

「什麼情況？就是我等在【眾神遊戲室】玩遊戲時發現妳們在外面，想說機會難得便邀請妳們進來啦。」

嗯？

總覺得這句話以超乎我原有的認知提到某個熟悉的詞彙……

「難道說……箱老翁之所以被稱為【眾神遊戲室】，是因為它確實是眾神的遊戲室嗎!?」

「妳是傻了嗎？這個問題等同於『這間店之所以是服飾店，就因為那是賣衣服的店嗎？』，是要朕怎麼回答嘛。」

原來那並非傳說，而是千真萬確的事實！

**箱老翁被稱為【眾神遊戲室】並不是一種比喻，而是它原本就被眾神當成遊戲室！**

梅嘉梅加神從座位上起身走了過來。

而她手上正拿著一塊石板──不，是狀似黑板的東西。

「當遊戲告一段落後，有兩位神明得處理事情就先離開了～接著恰好發現妳來到這裡，想說機會難得便邀妳進來了。」

「只有三個人不方便玩～」位於椅子上的蒂嘉小姐揮動雙手說著。大概是她尚未習慣這個時代，總覺得她的動作經常很誇張。

萊卡可能是已得知來龍去脈，所以反應沒那麼劇烈，不過還是露出一副相當困惑的樣子。

但我還有事情沒搞清楚。

「話說……為何要把這裡當成遊戲室？難道此空間當真呈現立方體嗎……？」

「此問題就跟高原之家為何位於南堤爾州毫無分別，朕也只能回答妳就是存在於這裡。其實此處在當年是個沒有任何魔族居住的窮鄉僻壤，原因是把這東西設置在城鎮裡總是會引發風波。」

畢竟這種東西出現在市區內也太招搖了。

可是聽完仁丹的解釋，我依舊有些難以釋懷。

「不過這裡是摩諾利斯族的村落，就算此遊戲室是個箱子，而摩諾利斯族都狀似石板或石碑，終歸會讓人覺得兩者有所關聯。」

事實上摩諾利斯族也把【眾神遊戲室】當成是他們的長老。

「我懷疑是神明在打造完【眾神遊戲室】之後，又創出摩諾利斯族這種薄型化的生物，我有猜對嗎？」

我個人認為這是非常勁爆的問題，畢竟等於是在深究生物的起源。

「沒那回事，單純是摩諾利斯族對【眾神遊戲室】產生共鳴，於是主動定居在附近，我等並沒有進行任何干涉。」

一切就只是出於偶然！

「儘管我等很排斥遊戲室外面太吵，不過摩諾利斯族安靜到根本不會說話，便決定置之不理。」

想想這片森林除了野生動物以外，並沒有其他會發出聲音的生物存在……

「那麼，創造摩諾利斯族與這個箱子的是同一位神明嗎？」

「妳問太多了！這已牽涉到人類不許知曉的層級！朕是不會回答的！」

「我是接受妳們的招待來這裡，幫忙解惑一下又無妨……」

「就是不行！」

仁丹將雙手交叉擺出×的手勢。

沒辦法啦，看來只能死心——

「摩諾利斯族自古就已經存在喔～雖然這個箱子也很古老，但兩者基本上沒什麼關係喔～」

蒂嘉小姐不加思索地開始解釋！

「喂！妳這樣會讓朕下不了臺階！變成青蛙！」

仁丹女神從雙手射出藍白色光線。

但沒有擊中蒂嘉小姐——而是梅嘉梅加神遭殃了。

「妳射錯人囉！」

「糟糕……因為平常都是修理梅嘉梅加，害朕反射性瞄準她……」

既然身為神明，我是希望妳別犯下這麼初級的失誤。於是乎，這片奇妙的空間裡出現一隻不合時宜的巨大青蛙。

話說回來，梅嘉梅加神似乎經常被變成青蛙……

「果然要是沒有找機會變成青蛙的話，身體會逐漸生疏嘓。」

當事人好像也把被變成青蛙一事當成興趣。

「儘管不小心聊到遊戲以外的話題，接下來就言歸正傳吧。」

仁丹才剛把話說完，梅嘉梅加神忽然用青蛙舌頭擲出某個東西。

「喂，都被妳舔髒了，等等記得拿去洗乾淨。」

我也同意仁丹的意見。

擲出的東西滾到我的面前。
那是一枚六面的骰子，另外擲出的數字是3。
「在一個狀似骰子的地方擲骰子來玩，打造出這場所的神明還真瀟灑耶。」
我渾身無力地雙肩下垂。
想必萊卡早一步聽完解釋了吧。
「原以為眾神的遊戲會有多壯觀，結果竟然這麼小家子氣，真是一點神祕感都沒有。」
可以算是在任何地方都能玩的遊戲。
「沒那回事，既然是眾神專屬的遊戲室就已經很有神祕感了。況且這是神祕密進行的遊戲，若是沒有一如字面具有神祕感就太奇怪了。」
「我能理解仁丹妳想表達的意思，但妳們實在是一絲神祕感都沒有……」
以時不時就見到神明的我來做為參考也沒有任何意義。
「機會難得，妳們也一塊來玩吧～！」
蒂嘉小姐身旁擺著數個小箱子（自然是可以放在桌上的大小）。
「這裡有很多種遊戲喔～從經典名作到最新款式應有盡有！來，我們趕快開始吧！」
從青蛙變回原樣的梅嘉梅加神也開始展示箱子裡的東西。

因為這個世界並沒有電視遊戲器，桌上理所當然都是一些無須電源的桌上型遊戲。

簡直可以開間桌遊店了……

我與萊卡面面相覷。

「怎、怎麼辦……？」

「反正機會難得……只要是不會讓小法她們等太久的遊戲就無所謂……」

「這部分不成問題，即便妳們在這裡玩上一年，朕也可以讓外界只經過不到一分鐘，甚至不足一秒鐘也沒問題，畢竟此處和外界的時間流逝並不一致。」

「真是任性的設定！」

「沒禮貌！這可是想盡情玩遊戲之人夢寐以求的環境喔！」

仁丹大聲反駁。對於遊戲發燒客而言的確是這樣沒錯啦……

「不、請等一下，既然擺在這裡的遊戲都已玩上一輪，外加上我們總共是五個人——」

梅嘉梅加神將裝有桌遊的盒子放在桌上，然後開始翻找裡頭的東西。

接著從中拿出一本厚重的書。

封面寫著『正統幻想ＲＰＧ』。

「那就來玩TRPG吧！由我來擔任遊戲主持人！」

在異世界裡玩RPG!?

順帶一提，梅嘉梅加神所說的TRPG是table talk RPG的縮寫，是一種沒有使用電腦，玩家們各自扮演不同角色的桌上型遊戲。

我是沒有玩過，但有看過這類影片而大略知道一些，其中最有名的遊戲就叫做克蘇魯的什麼什麼。

「這主意不錯喔～窩贊成～」

「也對，比起那些必須分出勝負，輸了之後會令人不甘心的遊戲，這或許是個好選擇也說不定。」

雖說仁丹的意見略顯沒度量，不過眾神一致通過要玩TRPG。

「接下來就請亞梓莎小姐跟萊卡小姐來創立自己的角色囉～」

「在異世界裡玩RPG，莫名有種相互套疊的感覺……」

「畢竟二十一世紀的日本也有推出相同時代、舊時代以及近未來的RPG呀～因此沒什麼好大驚小怪的。」

萊卡已從蒂嘉小姐手中收下骰子。

「亞梓莎大人，我對究竟要玩什麼遊戲仍是一頭霧水，但既然已經參加也只能硬著頭皮上了……」

如果這時扭頭走人的話，那就真的太白目了。

「……明白了，那就開始吧。」

於是乎，我與萊卡在異世界裡體驗畢生第一次的TRPG。

◇

職業等基本設定似乎是透過擲骰子來決定的。

我淡然地擲骰子。相信不會出現什麼荒唐的設定才對。

「呃～我的職業是賢者。啊、難不成這是高階職業？」

「喔～！亞梓莎小姐如果真很幸運呢！這是滿強大的職業！話說此遊戲在創立角色上不會花費太多時間，可以輕鬆遊玩。畢竟複雜點的類型甚至得花上五個小時左右才能夠創好角色。」

梅嘉梅加神是我們之中顯得最興致勃勃的。

「咦？五個小時……？創立角色需要花這麼多時間嗎……？」

「那當然囉～因此有些類型是除了大學生或時間很多的人以外並不適合遊玩。諸如認真探索地下城的類型就特別費時。像我就偏好三個小時半即可結束的劇本，後續

劇情則是以每週玩一次的步調進行，差不多玩個四至五次就能進入結局的話，能給人帶來相當不錯的成就感喔。像我很喜歡以『黑白交錯』這種異能戰鬥為設定的故事架構。比方說火焰使者或雷電使者等等一聽就滿中二的名稱，總會想體驗一次看看不是嗎？至於這些類型大多都是拯救被擄走的女主角，或者摯友是幕後黑手且淪為半妖等老套的劇情，但又挺能夠讓人熱血沸騰喔。」

「妳也變得太健談了吧！」

「其次我是喜歡正統幻想故事，幻想故事的架構大致上分成慢慢攻略地下城的類型，以及充滿戲劇性展開為主的類型。像我就很喜歡屬於後者的『七萬要塞』呢～劇情設定就大同小異了，每一次都是世界瀕臨毀滅喔～」

「既然妳身為神明，拜託別喜歡這種世界瀕臨毀滅的遊戲啦……」

「正因為如此才會玩遊戲呀。盡力去詮釋那些乍聽之下頗為幼稚的內容，老實說很有意思喔！接下來就請各位好好沉浸在遊戲裡吧！」

總而言之，歷經一連串的擲骰子之後，我逐步創立好自己的角色。

接下來只需擊倒在地下城裡的頭目就行了吧。

但因為是擲骰子的緣故，總會出現一些突發狀況。

嚴格說來並不是我，而是發生在萊卡身上。

「姊、姊姊，我被哥布林偷襲了～救命啊～！」

我以演戲般的口吻說著。而我確實是在演戲。

「亞、亞梓莎大人，請不要像這樣稱呼我為姊姊……」

萊卡害羞到就連耳根子都變紅了，即使頭頂噴出火來也不足為奇。

「因為在設定裡，萊卡對我而言是已經成為勇者的姊姊，所以妳現在是賢者莉璃的姊姊，更是偉大的勇者亞兒夏喔。」

沒錯，萊卡在擲完骰子後，設定上是第三名玩家（也就是我）的姊姊。

「不行喔～萊卡小姐……不對，是亞兒夏小姐，請妳扮演好自己的角色，遊戲期間禁止以玩家的身分發言喔。」

擔任遊戲主持人的梅嘉梅加神發話了。

「我、我知道了！喝——！休想對我的妹妹莉璃動手！看我一劍砍翻你們！」

「亞兒夏小姐，請擲兩顆骰子。」

在TRPG裡，不管是攻擊、施展魔法或採取任何行動，基本上都是擲骰子來決定結果。雖說根據遊戲的不同會採用構造更為複雜的骰子，但這次玩的遊戲是使用兩顆最常見的六面骰。

萊卡擲出的兩顆骰子都是1。

也就是最糟的大失敗。

「哎呀～亞兒夏小姐為了保護妹妹卻不慎滑倒，就這麼被哥布林們團團包圍，陷入致命危機～嗯～這真是好康的失敗呢。」

「一點都不好！反倒是身陷險境吧！」

「這樣才好！若沒有適度的失敗就不有趣了！」

後來是多虧身為僧侶的蒂嘉小姐以死亡魔法殲滅哥布林們，不過萊卡扮演的勇者在這次戰鬥中展現出很廢的一面。

儘管萊卡並非刻意想當一位廢材角色，純粹是遵循擲骰子的結果——可是當事人不得不扮演一反自己平日形象的角色，想想還挺有意思的。

「沒錯，亞梓莎小姐，這可說是TRPG的醍醐味喔。」

「請不要趁機偷聽我的心思。」

「賢者小姐，瞧妳呼吸有些紊亂，需要幫妳施加恢復魔法嗎？」

說出上述發言之人沒想到竟是蒂嘉小姐。

她的設定是自小被神殿收養，就這麼成為僧侶的認真青年。因為她按照人設的口吻說話，害我很不習慣……

「啊、那個，沒關係，請不必放在心上。」
「由於這是虛構的故事，因此回答『不必放在心上』的人往往都有心事。」
扮演商人的仁丹說話了。
「喂！那邊的商人！就說不可以透過玩家的視角講話！請以遊戲角色的商人說話！」
「別一直在那邊嘮叨啦！管太多的遊戲主持人會惹人厭喔！」
梅嘉梅加神跟仁丹還真常鬥嘴耶。
於是我繼續維持自己的角色形象，扮演一名經常依賴勇者姊姊的女賢者。
「姊姊，救命啊～快救救我～！獨眼巨人攻過來了！」
「亞梓莎大人，妳是故意一直在喊我姊姊嗎……？」
「我也是莫可奈何，誰叫我是扮演這種角色。另外不許以玩家的視角講話喔，所以妳稱呼我為亞梓莎也很不妥。」
「唔、唔～……我、我知道了，莉璃……妳、妳快退到旁邊去……」
語畢，萊卡雙手掩面。
**「這對我來說簡直就是拷問！」**

恐怕萊卡是由姊姊從小拉拔大的，因此她怎樣都習慣不了扮演一名姊姊吧。記得她好像也沒有弟弟或妹妹。雖說她在就讀女學院時似乎被其他同學當成大姊頭那般敬重，但她是否習慣又得另當別論。

「勇者小姐，發生什麼事了嗎？妳若有任何煩惱，身為僧侶的我隨時都願意聽妳訴說喔。」

蒂嘉小姐十分入戲，偏偏又讓人難以習慣。

話說回來，原來她能夠用「窩」以外的正常語調說話呀……

歷經體感時間三個半小時左右，我們一行人在通力合作之下終於打倒位於地下城裡的頭目。

大概梅嘉梅加神就是設計出差不多花費這個時間就能玩完的劇情吧。想想她在這方面還真是很有一套。

「遊戲至此就結束囉！」梅嘉梅加神說完後，身為玩家的我們紛紛以「辛苦了～」、「辛苦大家囉」等話語互相慰勞。

「老實說還挺有意思的耶。」

我玩得十分盡興。根據梅嘉梅加神的解說，玩家們在遊戲結束後會互相分享心得，而這個過程又被稱為心得戰。至於這是一種常識，還是梅嘉梅加神他們自己訂下的規則就不得而知了。

「對吧？桌遊同樣也很有意思。不覺得這與操控美少女角色在VR世界裡闖蕩有著不同的樂趣嗎？」

拜託別大量使用唯獨我能夠聽懂的方式來比喻，另外我對VR遊戲涉獵不深。

「話說這裡真安靜，是個很棒的遊戲室。這能算是simple is best嗎？總之能讓人沉浸在遊戲裡。」

想想這個空間內就只有桌子和沙發（另外就是成堆的桌遊），除了玩遊戲以外沒有其他用途。

「畢竟這間遊戲室自古以來便存在了，就連朕也忘了是出自哪位神明之手。」

儘管莫名想吐槽真虧這些神明敢把這種來路不明的空間當作遊戲室，不過這點理由也無法對神構成威脅吧。原因是這種地方也只有神明才能夠打造出來。

「那麼，我和萊卡差不多該回到外界去了。」

雖說待在箱老翁裡的這段期間對外界而言似乎只經過一秒鐘，但以體感時間來看又莫名有種讓其他人等很久的感覺。

而且若是再玩一盤，萊卡又擲出她不好意思扮演的角色時，八成會先搞壞身子，最終給她留下痛苦的回憶也不太好。

在萊卡說出「辛苦大家了」這句話的下個瞬間——

我們已經回到箱老翁的面前。

「當初進去時是那麼突然，結果出來時也差不多。」

關於箱老翁的真正身分，其實它並非摩諾利斯，而是神明打造出來的特殊遊戲室，別讓其他摩諾利斯知道真相或許會比較好。

此時我抬頭望向箱老翁，發現它身上出現以下這段文字。

**『請問有玩得開心嗎？亞梓莎小姐，萊卡小姐。眾神對於有意外的訪客到來一事感到相當開心。另外等同於我後代子孫的摩諾利斯族，還請妳們多多指教。』**

咦……？這段文字簡直就像是箱老翁具有自我意識在講話……

「那個，亞梓莎大人……這是……」

萊卡似乎也注意到了。

「話說回來，仁丹她們並沒有解釋過被眾神當成遊戲室的這個箱子，是在何時由何人所打造出來的……」

嗯，我沒有記錯，仁丹只說摩諾利斯族和箱老翁是自古以來就存在著，至於是哪位神明基於何種意圖創造出來的就沒有解釋了。

**『另外，箱老翁我也請各位多多關照。』**

下個瞬間又出現上述訊息。

換言之，箱老翁的確就是箱老翁。

「萊卡，今日一事也許有涉及很多層面……麻煩妳幫忙保密喔……」

「也對……我的腦中到現在仍是一團亂……」

當我們轉過身去時，摩——85209顯示出以下這段話。

**『箱老翁好像毫無反應，這次就請妳們暫且死心吧。老實說這情況並不罕見，不過箱老翁偶爾還是會指引我們喔。』**

啊～摩——85209沒看見箱老翁顯示的訊息呀。

這讓我再次體認到此世上仍然存在著許多不可思議的事情。

# 前往沒有史萊姆棲息的沙漠



這天，我與芙拉托緹一同前往弗拉塔村的冒險者公會。

「不好意思～娜塔莉小姐～我想拿這些魔法石來換錢～」

我一把推開公會大門就立刻表明來意。

「好的，當然沒問題，這邊請——」

不過娜塔莉小姐的笑容在下一秒就僵住了。

原因是芙拉托緹搬著一個無比巨大的箱子，從尚未闔上的公會大門走了進來。順帶一提，並不是芙拉托緹施展冰凍吐息把娜塔莉小姐凍僵的。

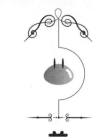

「箱子裡全裝著魔法石，接下來就交給你們囉！」

當芙拉托緹放下箱子的瞬間，能感受到整間公會微微晃動。

既然稱之為魔法石，顧名思義就是一種石頭，自然也相當沉重，除了龍族以外恐怕沒人有辦法搬來這裡。

儘管我未必搬不動，但感覺真的很重，我應該會分批搬運……由於芙拉托緹把搬運重物當成是比拚力氣的項目之一，因此毛遂自薦跑來幫忙。

話雖如此，這項工作原本就是芙拉托緹必須負責的。

「這倒是不要緊，畢竟收購魔法石本就是公會的業務之一……不過數量怎會如此龐大……？難道有誰成為冒險者了嗎？」

「這是本小姐為了打發時間前往魔物出沒的山頭，然後在那裡戰鬥了一整天！想想這真是個很不錯的運動呢！」

芙拉托緹雙手扠腰，得意洋洋地挺起胸脯。

「一切皆如芙拉托緹所言，總之她突然想找人戰鬥，然後搬了這麼一大箱的魔法石回來。」

就像人也有心情煩躁的時候，因此這樣的理由已經相當充分了。

同理可證，有些時候也會感到莫名熱血沸騰。

……真的是這樣嗎？

我自己是沒有類似的經驗，這種事或許會發生在某些人身上吧。

總之，芙拉托緹似乎打得非常盡興，返家之後她一路睡到隔天中午，真是一個各方面都很極端的小妮子。

「對了，這次的魔法石不同於以往而鮮少來自史萊姆，大多都是取自此地區未曾出沒過的大型魔物身上。」

因為我平常就只會狩獵史萊姆。

「這附近沒有強悍的魔物，打起來太缺乏挑戰性，人家希望能遇見更強的傢伙！」

如果真是那樣的話，弗拉塔村將會面臨滅村的危機，妳就饒了他們吧。這村子之所以能如此安逸祥和，全都多虧周邊只會出沒史萊姆這類弱小魔物所賜。

「由於清點得花費不少時間，因此方便過幾天再支付報酬嗎？金額粗估不會少於三十萬金幣。」

「本小姐是無所謂，無論三十萬或三萬都可以！」

「那可不行，倘若亂估價只支付十分之一報酬的事情流傳出去，我可是會被革職的！因此必須把錢算清楚才行！」

這對正職冒險者而言可是一門生意，對於魔法石的金額自然會斤斤計較，反觀芙拉托緹完全沒放在心上。畢竟她的首要目的是活動筋骨，魔法石只不過是附加價值罷了。

「啊、見到高原魔女大人您的尊容讓我想起一件事，其實我們收到一個十分奇特的委託喔。」

我馬上背對娜塔莉小姐。

「我有股不祥的預感，請恕我先走一步！」
「啊！這就只是類似於茶餘飯後的閒話家常！並非請求您接受委託！」
聽完這句話，我才勉強回心轉意。
因為我的能力值高得不像話，若是沒有謹慎面對這類事情，很容易會被人當成好使喚的工具人。
「在說明這個委託之前，先看看這張地圖會更方便理解。」
娜塔莉小姐拿出一張大地圖，仔細看上面並非繪製附近的地形，而是世界規模的地圖。
「在這張地圖的最南端，有一片炎熱到不是開玩笑的土地，並且是一年到頭都很熱。」
「人家光聽完說明就很不喜歡……」
身為藍龍的芙拉托緹比較偏好涼爽的地區。
娜塔莉小姐伸手指著離這裡非常遙遠的沙漠地區。
「這片區域叫做南蕪哈德，碰巧自遠方造訪該處的旅人注意到一件事。」
「喔～注意到什麼？」
「此人說他在南蕪哈德那裡幾乎不太看得到史萊姆。」

「…………喔，這樣啊。」

我只覺得那又怎樣，害我不知該作何反應。

「所以呢？這種事根本不重要吧。」

芙拉托緹直接說出我的心聲。

「此話差矣，這其實是非常不可思議的事情！所謂的史萊姆是各處都會出沒的魔物。雖然我對實際情況不太清楚，但史萊姆就連在魔族國度也隨處可見吧。」

我忽然想到武史開設的道場。

「嗯，是啊，在那裡也十分常見。」

「基於此因，公會認為史萊姆是遍布全世界。即便南蕪哈德這片土地並非完全沒有史萊姆出沒，可是數量卻相當稀少，不同於其他地區那樣多到四處亂竄，著實很不可思議對吧？」

「但這也是那片土地的史萊姆本就數量稀少而已吧。」

這個世界如此遼闊，應該單純是史萊姆自古以來沒有棲息在該區域。

「可是離開南蕪哈德一段距離，史萊姆又變得十分常見，唯獨南蕪哈德那裡特別稀少，著實很不可思議對吧!?」

「聽起來的確算是不可思議，無奈我不太感興趣。」

很抱歉我的反應略顯冷淡，但這只不過就是關於史萊姆的奇妙現象罷了。

「由於大學截至目前尚未從學術上找到合理的解釋，因此向冒險者公會發布委託，只要有人能找出原因就可以獲得獎金。」
「這樣啊，辛苦妳囉。」
「……高原魔女大人，您今天似乎特別冷淡喔。」
「這很正常呀……因為我對此事並不好奇，而且我也不是研究史萊姆的學者，另外這聽起來也一點都不緊急。」
或許有些人會類似舉辦不明飛行生物辯論會那樣想一探究竟，偏偏這是比與我不相干還更無關緊要的史萊姆破事。
另外，假裝感興趣讓對方白高興一場很容易引發事端，為了避免自找麻煩，倒不如直接冷漠應對。
這世上有一種人明明對該話題不感興趣，卻會立刻迎合對方說「喔～！我也很好奇呢～！」。
這或許算是客套話，但問題是總有人會因此誤解而高談闊論，由於我曾經這麼做而害對方大失所望，因此我總會告誡自己不可再犯。
基於此因，我決定冷處理南蕪哈德這片土地沒什麼史萊姆這件事。
這也是沒辦法呀，畢竟每天狩獵數隻史萊姆，與想要探索史萊姆各種奧祕的心情並不能混為一談。

「好吧，畢竟我已說過這是茶餘飯後的閒聊，那我就換個話題囉。」

「嗯，抱歉喔，娜塔莉小姐。」

「接下來是關於我近來對公會的怨言。」

呃！這種事我就更不想聽了！

◇

於是乎，關於南蕪哈德沒什麼史萊姆一事，在沒有掀起多少討論的情況下便結束了。

話雖如此，因為我們家裡有兩名史萊姆妖精，所以吃晚飯時我便聊起這個話題。

儘管兩人並非真的史萊姆，卻與史萊姆關係密切，想說她們或許會對這件事感興趣。

結果確實有家人對此話題十分好奇。

先聲明並非身為史萊姆妖精的法露法和夏露夏。畢竟即便兩人是史萊姆妖精，也沒有在研究史萊姆。

這位家人就是哈爾卡拉。

「不錯喔，是南蕪哈德嗎？那片土地是出了名的炎熱呢～」

「哈爾卡拉，我真意外妳會對史萊姆如此好奇。」

其實我從沒聽哈爾卡拉說過她對史萊姆感興趣。

「不是的，史萊姆的事情並不重要，而是遙遠的國度都有屬於自己的醫藥文化，我單純是想說去當地參觀一下也不壞。」

啊～她好奇的是醫藥方面。

「倘若徒步前往南蕪哈德，可是得走到天荒地老才能夠抵達，因此我從沒去過那裡，才想說如果有機會的話，希望可以順道過去看看。」

「哈爾卡拉，妳對這類事情的想法都相當樂觀呢。」

「因為有段時期，只有我一個人經營哈爾卡拉製藥公司，為了跑業務可是走遍許多地方呢～儘管主要是基於工作，但工作之餘可以順便觀光，或是尋找當地的美食喔。」

找個機會去逛逛沒事絕不會前往的土地，確實也是個不錯的主意。

在抵達無比炎熱的當地之後，與人抱怨怎會那麼熱也算是個挺有趣的體驗。

哈爾卡拉接著說：

「萊卡小姐，假如妳方便的話，可以拜託妳找個機會載我去南蕪哈德嗎？」

啊、個性積極的哈爾卡拉是只要有人提及相關話題，就會立刻付諸實行。
南蕪哈德確實遙遠到沒有契機就不會考慮前往，但這也能算是契機嗎？
「好的，我這邊沒問題，可以配合哈爾卡拉小姐的工作行程——」
「我也要去！」
我挺直身子舉起一隻手。
「主人，妳不是對沙漠的史萊姆沒什麼興趣嗎？」
芙拉托緹一臉困惑。想想我的舉動還挺矛盾的。
「嗯，我並不在意史萊姆的異象，不過目的是出遠門的話倒也無所謂。」
況且我很少有機會能夠前往沙漠。
對了，既然冒險者公會有發布委託，就順便約那個人一塊去吧。

◇

一段時間後，我乘著化成龍形的萊卡踏上旅程。
這算是一趟滿遠的旅途。
順帶一提，萊卡背上的乘客有我、哈爾卡拉以及席羅娜。
其中一部分理由是想說難得有機會和席羅娜出外旅行也滿不錯的，而且身為冒險者的席羅娜若能解開史萊姆之謎，順便可以幫她打響名聲。
嗯，儘管我是這麼認為——
「義母大人，冒險者可沒有閒到會去在意史萊姆的異象。或許這並非什麼複雜的謎團，單純是冒險者並不在意才導致長久以來都無法找出答案吧。」
結果卻在途中就立刻被人打槍了！
「原來這件事看在冒險者眼中也是如此……表示全公會對這件事感到好奇的人就只有娜塔莉小姐嘛……」
「原因是史萊姆的數量多寡並不會造成多少影響。倘若數量過多倒還能夠理解，反觀在南蕪哈德那裡是少得可憐，也就不會給人造成困擾吧。」
「……其實我同意妳的說法，對此並沒有任何異議。」
我以後要記得公會職員與冒險者對於同一件事可能會有不同的看法。
「不氣不氣，說來南蕪哈德這片土地就只有沙漠，既然沒去過也能開開眼界！」
哈爾卡拉幫忙安撫席羅娜。
「說得也是，因為聽說那裡是一整片沙漠，讓我完全沒想過要去看看，如果沒發生這種事我肯定不會前往。由於根本沒理由會去那裡，想說除了這次以外就再無機會前往，因此我才決定跟來。」
「就是說呀，那是個除了熱到出名以外沒有其他亮點的地方，所以去親身體驗一下當地那種一點樂子都沒有的感覺也挺不錯喔。」

大家把準備前往的地點批評得一文不值……

偏偏那裡就是如此不吸引人前往的場所。

卻也因此才讓人想跟去瞧瞧，想想人心還真複雜呢。

「對了，萊卡有去過那裡嗎？」

「沒有耶，因為沒事需要去那裡。」

現在幾乎是演變成只想親身體驗那裡到底有多無聊才前去一探究竟。

若是可以的話，希望最終能讓人產生「雖然聽說這裡什麼好玩的都沒有，但其實還挺有意思呢！」的感受……要是當真一點意思都沒有的話，老實說會令人挺難過的……

「請問是不必抵達南蕪哈德當地，而是送妳們到附近就好了嗎？」

「我和哈爾卡拉商量之後，認為立刻前往目的地會很沒意思。」

基於此因，我們決定把步行五天才能夠抵達南蕪哈德的沙漠入口處當作起點。

話雖如此，憑我們的腳程應該不需走上五天，快的話大概三天就到了。

「沒錯沒錯，所謂的旅行是稍微放慢腳步閒晃也很有趣喔。就讓我們好好感受一下那種什麼樂趣都沒有的感覺吧！」

哈爾卡拉精神飽滿地如此說著，但我希望當地還是有一些好玩的。

◇

我們來到位於沙漠入口處的村落。

至於眼前是一望無際的沙漠。

以及地面都快被烤熟的烈日！

「嗚哇啊～天氣真好呢！甚至令人想化成龍形享受日光浴呢！」

萊卡看似非常享受——

其他成員則是在出發前就已經滿身大汗。

「真叫人吃不消……總覺得快昏倒了……這比進入潮溼的洞窟更折磨人……根本是史上最爛的委託……」

「此處以精靈的視點來看也是個爛地方……完全能當成流放罪人的地點……」

「反正我們算是為了體驗此處的高溫才來到這裡……大家就打起精神上路吧。」

「這叫人如何打起精神……冒險者可不是探險家喔……」

席羅娜狀似已做好覺悟，搖搖晃晃地向著沙漠走去。假如她吵著想回去可就傷腦筋了，幸好沒有變成那樣。

「聽說南蕪哈德那裡更熱，是這片沙漠裡最熱的場所……」

席羅娜隨口拋出這句話。

哈爾卡拉聽了嚇得花容失色。
「那個，要不要中止這趟旅程呢……？」
「快、快看！平常可是不太有機會來到沙漠喔，所以趕緊出發吧！」
於是乎，這趟橫斷沙漠之旅正式開始。
剛上路沒多久，就發現前方沙子在動來動去。
「怎麼？是棲息於沙漠中的魔物嗎？」
隨即有一隻史萊姆竄了出來。
「竟然連這種地方也有！史萊姆當真是隨處可見耶！」
而且這隻史萊姆長得與高原之家附近的品種一樣，看起來並沒有因為棲息於沙漠之中就有所差別。
「亞梓莎大人，史萊姆在這附近的沙漠裡仍是十分常見，唯獨南蕪哈德當地才數量稀少。」
萊卡賞了史萊姆一拳的同時如此說明。當然史萊姆立刻就化成魔法石了。
一般冒險者在這種時候不會拾取魔法石，理由是為了避免增加行李的重量，但這對萊卡而言不成問題，於是她將魔法石放入皮革袋裡。
「那麼，我們趕快前進吧！」
哈爾卡拉卻停下腳步。

「那個，我口好渴，先喝點水，稍微等我一下。嗚～水壺裡的水都變燙了……」

只不過才出發兩分鐘，哈爾卡拉就扭開水壺補充水分……她這樣沒問題嗎……？

我們在沙漠中前行。

儘管放眼望去盡是沙漠，讓人難以辨識方位，但沙漠就是這樣，也只能耐著性子繼續前進。

「大概是這裡過於炎熱，一路上都沒有看見其他生物。」

身為紅龍族的萊卡原本就住在火山旁邊，而且還在火山內側打造溫泉，因此她現在自然是生龍活虎。

「其實沙漠裡有很多生物，但鮮少會在白天出沒。」

席羅娜指著地面說道。

「大部分的生物在最炎熱的時段都會躲入地底避暑，等到日落後才會漸漸爬出來。此處實際上有棲息地鼠或與之相近的各種生物。」

「喔～真不愧是冒險者，對這類事物知之甚詳呢。」

「妳、妳在說什麼嘛，義母大人……就算妳讚美我也得不到任何好處喔……」

席羅娜在受人稱讚時明明會感到很開心，卻又有著不願老實承認的彆扭個性。

我對法露法、夏露夏以及桑朵菈都是秉持愛的教育，對待席羅娜自然也不例外，我希望以同樣的方式照顧她。

「說起沙漠，存在著為了避免水分蒸發而具有獨特外觀的植物喔。」

席羅娜指著沙漠一隅。

該處有一株家喻戶曉的仙人掌。

「啊！那是具備優異療效的健康仙人掌！這是我第一次看見它生長的樣子呢！」

哈爾卡拉忽然心情大好，果然精靈在看見植物時都會顯得很開心。

「我可說是為了親眼看看這類植物，才特地來到這片沙漠喔！那我馬上去調查看看！」

哈爾卡拉踏著沙子衝了出去。

「那個，跑太快會很危險喔……因為沙地容易害人絆到腳……」

席羅娜出聲提醒欣喜若狂的哈爾卡拉。

「安啦，不必擔心！即使真的跌倒，摔在沙漠上也不太會受傷！所以不要緊的！」

哈爾卡拉又開始得意忘形。

我莫名有種很不好的預感。

對了，記得仙人掌身上長滿尖刺……

「哈爾卡拉，妳務必要當心喔！至少在接近仙人掌時要謹慎點！」

「師父大人，妳是想提醒我說長滿尖刺的仙人掌很危險嗎？這點小事我早就知道了！」

啊、看來哈爾卡拉也明白這點。

當她抵達仙人掌附近時——

不小心被沙子絆到腳——

整個人撞在長滿尖刺的仙人掌身上。

「痛痛痛痛痛痛痛痛痛痛痛痛痛痛！痛痛痛痛痛痛痛痛！」

**「明明早就知道，卻還是被刺傷了！」**

這比起沒搞清楚而被刺傷的情況更糟糕！

「痛痛痛痛痛痛痛痛！不過剛好扎在對健康有益的位置上，感覺身體好像變得更有精神了！利弊算是剛好抵銷！」

妳當這是哪來的針灸治療啊！

「問題是我瞧妳被刺傷得十分嚴重喔！」

「義母大人，健康仙人掌的尖刺具有活化身體的功效。」

「原來具備療效的部分不是汁液，而是刺啊！」

我還以為是類似精油那樣將汁液塗抹在身上產生療效，結果是我誤會了。

「其中對腸胃的療效特別好，能夠讓食慾不振的人變成可以去參加大胃王比賽。」
「乍聽之下效果似乎很好，可是食慾不振之人不該去參加大胃王比賽喔。」
這麼做反而有害健康。
總之哈爾卡拉似乎不要緊，真是可喜可賀。
可是要讓仙人掌刺扎遍全身一段時間，光是想像就很嚇人。
「嗯～莫名有種長年累積於體內的不良成分全都排掉的感覺呢～」
「哈爾卡拉，麻煩妳別倒向我這邊喔……」
一想到可能會被刺扎到就讓我覺得有點害怕，於是我與哈爾卡拉保持一段距離。

接著我們繼續在沙漠中前行。
這天，我們在獨立開設於沙漠裡的旅店過夜。
我起先很懷疑是否會有人來這裡住宿，不過店員解釋說行腳商人會把這裡當成休息站來利用，同時能讓身體突然有恙的人們當成緊急避難所。
「沒想到就連這種地方都有人開店，看來我應該多多出遊增廣見聞。」
萊卡還是老樣子很有上進心。
真要說來，像這樣進行異文化交流也讓我覺得很有意思。
旅店外綁著許多行腳商人騎乘的駱駝。

我跟哈爾卡拉有稍微騎一下旅店飼養的駱駝。
不過餐點就算不上有多豐盛，絕大多數都是乾糧，或是類似醃漬物的發酵食品。考量到運輸成本也是莫可奈何，畢竟這與位於高山上的民宿差不多。
其中又以飲用水最為珍貴，因此不能喝太多。
「嗯～雖然口很渴，但也只能忍忍了……」
其中汗流最多的哈爾卡拉，在見到餐點中只提供少許的飲用水以後非常失望。
「若是脫水的話會很不妙，我的水分妳喝吧……」
畢竟我不像哈爾卡拉那樣疲憊，不禁慶幸自己在不知不覺間變得很耐熱。
其中最有精神的人莫過於萊卡，因為她從小生長在高溫地區，所以身體變得不會輕易流失水分吧。

當我們吃完晚飯時，夜色已籠罩整片天空。
不過多虧月光讓戶外還算明亮。
「好，就瀟灑一回來趟夜間散步吧。」
席羅娜從座位上站起身來，似乎打從一開始就決定這麼做了。
「聽說沙漠入夜後滿涼爽的，那我也一塊去吧。」
最終是所有人一起去散步。

但是才剛踏出大門，我就注意到一件事。

「到處都是史萊姆！」

放眼望去有許多史萊姆在沙漠中跳來跳去。

「亞梓莎大人，這些史萊姆好像都是避免在炎熱的白天外出，等到溫度下降之後才出來活動。看來一般的史萊姆都有具備這點程度的智慧。」

萊卡露出像是上了一課的表情。

雖說我們認識一隻大概是發生突變而變得非常聰明的史萊姆，但那終歸是特例。若以機率來說，恐怕十億隻史萊姆之中才會出現一隻吧。

「儘管無法確定史萊姆是否真如萊卡小姐所說的那樣具有智慧，但能肯定它們是基於本能而選擇在涼爽的時段出沒。原因是史萊姆都還滿怕熱的。」

席羅娜拿出筆記本般的東西飛快地書寫著。

「並且這附近的史萊姆同樣是隨處可見。」

「是啊，簡直是多不勝數。」

根據眼下情況，我很擔心南蕪哈德那裡到頭來也存在著一大群史萊姆。

該不會只是因為它們都躲在沙子裡才沒被發現？

縱使我們的主要目的是來沙漠觀光，但既然身為冒險者的席羅娜也一塊同行，我希望能解開南蕪哈德這座沙漠都市周邊為何鮮少有史萊姆出沒的謎團。

如果只是南蕪哈德當地居民誤以為附近的史萊姆數量稀少，那就只會害我們白跑一趟。

哈爾卡拉蹲下來觀察史萊姆。

只見史萊姆不停在那邊蹦蹦跳跳。

「既然這裡也有史萊姆，就表示原因並非出在那裡是沙漠囉～而且這裡的史萊姆看起來比高原之家附近的更有精神呢。」

席羅娜抓起一隻史萊姆。

「摸起來涼涼的耶，大概是剛剛都躲在沙子裡吧。」

如果沙漠裡完全沒有史萊姆，老早就能得出「史萊姆無法棲息於沙漠地帶」這種結論了。

「反正不久後就會抵達鮮少有史萊姆出沒的南蕪哈德，到時再注意當地究竟與其他地方有何不同。身為冒險者自然是很高興有機會賺取分數，但就算最終一無所獲，我個人也覺得無所謂。」

相較於席羅娜在參加冒險者大賽當時，總感覺她變得圓融多了。

「要是沒有成果的話，妳不會責怪我吧……？」

「義母大人放心，我打從一開始就對這趟旅行沒抱持多少期待。」

「能聽妳這麼說讓我鬆了一口氣，不過心情又有些複雜……」

席羅娜放走史萊姆之後，用左手摳了摳自己的脖子。

「其實我最近覺得偶爾安排一趟漫無目的的旅行也不錯。在見識過義母大人妳們的生活之後，稍微拿來當作借鏡未嘗不是一件好事。」

「雖說聽起來像是在讚美，卻又給人一種高高在上的感覺。」

不，席羅娜八成是在掩飾心中的害臊。嗯，就當作是這樣吧。

「比起這個，是時候該出現了。」

「出現？出現什麼？」

「自然是指史萊姆以外棲息在這裡的生物。」

腳下的沙子開始動來動去。

接著從中出現一隻手掌般大小、狀似老鼠的白色生物。

「哇！真的有東西從沙子裡冒出來了！」

「來了——！是沙漠白老鼠！終於出現了——！」

席羅娜忽然放聲大叫。

然後她立刻伸手逮住那隻名為沙漠白老鼠的小動物。

只能說她不愧是老練的冒險者，一連串的動作行雲流水。

沙漠白老鼠完全來不及逃跑。

「嗚哇～！親眼看見實物就是不一樣呢～！唯獨背部呈現淡粉紅色的模樣也具有獨特的魅力！明明牠們鮮少出現在地面，白色的身體卻幾乎不會被沙子弄髒！真叫人大開眼界呢！」

啊～……席羅娜來到此處的主要理由就是這個吧。

其實她很想看看出沒於沙漠中的白色生物……

「儘管很想帶回家養，可是我家與這裡的環境相差太多，飼養起來可能會碰上許多問題，所以只能百般煎熬地死心放棄了。」

如果真要這麼說，我認為同樣的道理也能套用在白熊大公身上，但想想日本的動物園裡也有北極熊，因此應該沒問題吧。

在這之後，我們便讓席羅娜繼續與沙漠白老鼠嬉戲，先一步返回旅店內。

◇

隔天，我們繼續在沙漠中旅行，並於途中的旅店過夜。

隔了一天同樣繼續於沙漠中移動，然後在途中的旅店過夜。

起先行走在沙漠裡很有新鮮感——不過接連三天總會令人感到乏味。

「畢竟風景幾乎一成不變……會感到無趣也是在所難免……」

沿途的景致大同小異，甚至會讓人產生不斷在原地打轉的錯覺。

才剛抵達旅店，我便一屁股坐在櫃檯側面的公共座位上。

與其說是疲倦，形容成倦怠感會更貼切。

「師父大人，明天就會抵達南蕪哈德囉～該處是這附近規模最大的都市，只需再忍耐一下就好。另外──」

哈爾卡拉手中拿著一個大杯子。

「──這間旅店的飲水十分充足！清水果真很好喝！雖然喝起來好像有點苦苦的，但還是很好喝！」

櫃檯旁放了一排裝有液體的杯子。對於水源是寶貴資源的這片土地來說，此舉還真闊氣。

問題是現實並沒有那麼美好，旁邊寫有以下的警告標語。

歡迎賓客自行取用
這些水在不知不覺間會自行填滿桶子，少數人在喝完後會鬧肚子，若有不適恕不負責。
※ 另有販賣南蕪哈德的綠洲水！
每杯五百金幣

「嗚哇……哈爾卡拉，妳還好嗎……？那些水在衛生方面似乎仍有疑慮喔……」

「關於這點大可放心，而且這次我可是有根據喔。」

意思是她平常都是無憑無據就亂掛保證嗎？為了避免打斷她說話，我這次就先不吐槽吧。

「根據就在於這根尖刺！」

哈爾卡拉以兩指夾住一根細小的東西。

「自從我被健康仙人掌扎遍全身之後，胃腸狀況簡直棒透了，我相信就算喝下泥巴水也不會搞壞肚子！」

「我個人認為以此理由來掛保證稍嫌薄弱，不過妳都已經喝了，另外出現脫水症狀的話反而才危險，姑且先靜觀其變吧……」

結清住宿費的席羅娜走了過來。

「根據老闆的說明，只要趁著白天把桶子放在外面，不知不覺間就會裝滿水的現象在這附近頗為常見，不過喝下這些水而鬧肚子的人也不在少數，算是一種挺賭運氣的水。」

「這是哪門子的現象？在這片土地上經常發生空桶子自行產水的情況嗎……？」

乍聽之下根本只能稱為奇蹟。

「世界如此廣大，出現一處這樣的地方也不足為奇。擔心的話別喝就好，反正我會乖乖買水來喝。」

旅店內有正常販售來自南蕪哈德的綠洲水，不是一定得喝這種來路不明的水。

「恐怕是當地人大多也只敢喝來源明確的綠洲水，最終才區分成收費水與免費水。」

情況應該正如萊卡所說，當地民眾肯定都曉得喝這種水可能會拉肚子。

因此除了哈爾卡拉以外，大家都還是會買水來喝。

時間來到隔天上午。

我們順利抵達沙漠中的綠洲都市——南蕪哈德的城門口。

「嗯～只不過來到城門口就如此熱鬧，看來這是一座規模頗大的都市呢。」

沒錯，在南蕪哈德主要設施之一的城牆外圍能看見許多攤販和建築物。

「畢竟附近除了這裡以外沒有任何能稱為城鎮的地方，至於城牆與其說它是防禦設施，不如說是為了阻擋城外的沙塵飄進市內。」

「妳對地理還真有研究呢，席羅娜。」

「唔……像這種隨口說說的誇讚……我根本一點都不開心……」

不不不，我能看出席羅娜其實很高興，而且就算是再遲鈍的人也可以看出來，那我今後就多多讚美她吧。

「真好奇沙漠這裡會有什麼特殊藥品呢～我可要通通買起來詳加研究！」

哈爾卡拉提出一個很有上進心的看法。

想想基於多種目的而踏上旅程似乎會比較好，原因是就算其中一個目的撲了空，也能立刻找到遞補。

既然哈爾卡拉顯得很有精神——

「哈爾卡拉，妳喝下那個神祕水似乎沒有任何不適呢。」

原本還很擔心她會在大半夜鬧肚子，搞得一夜沒睡好。

「是啊～水稍微不乾淨並不算什麼，反正剛好能藉由飲酒來消毒呀——當然這只是開玩笑的啦。」

「依照妳的情況，與其說是透過飲酒來消毒，不如說是經常酒醉到連同不乾淨的水都吐出來才躲過一劫……總之妳沒事就好。」

在這之後，哈爾卡拉滿腦子都想著藥品的事情，我是希望她也能注意一下其他方面。

「假如發現史萊姆就出個聲。既然難得來到這裡，若能查出些什麼是再好不過。」

可是此處就是因為史萊姆數量稀少才引發疑慮（？），恐怕不會那麼容易找到。

「啊、亞梓莎大人，我發現史萊姆了！」

「妳也發現得太快了吧！萊卡！」

「那裡有一隻藍色的史萊姆！它躲在市集帳篷的陰影底下！」

「咦，哪裡……？萊卡妳的眼力還真是好耶……」

萊卡朝向所指的帳篷走過去。老實說距離遠到我都懷疑是不是看錯了。倘若萊卡真沒說錯，她的視力當真是非常好。難不成龍族很擅長搜尋位於遠處的事物嗎？

我們緊跟在萊卡身後。

帳篷底下的確有一隻史萊姆。

「妳真厲害耶！萊卡！什麼嘛，明明這地方也有史萊姆啊。」

我走向那隻史萊姆。
就在這時，我察覺出一絲不對勁。
感覺一般的史萊姆都長得更加圓潤，反觀這隻顯得有些乾癟。
這隻史萊姆在發現我接近後似乎很害怕，連忙往旁邊跳去。
從陰影處移動至陽光底下。
由於地面被晒得很燙，因此現場非常炎熱。
下個瞬間竟發生意想不到的狀況。
伴隨一陣類似熱氣蒸發的聲響——
落地的史萊姆當場融化了！
「它蒸發了!?這隻史萊姆蒸發了!?」
在史萊姆融解後形成的痕跡上，有一顆應該是它遺留下來的小魔法石。
不過那顆魔法石比尋常史萊姆的更小，看起來是殘破不堪。
席羅娜振筆撰寫狀似調查報告的筆記。
「那隻史萊姆八成是被熱死了。因為南蕪哈德堪稱是世上最炎熱的都市，所以並不適合史萊姆生存。熱死所留下的魔法石比正常狀態下被殺之後遺留的小上許多，參雜在沙子裡就會很難發覺。」
「換言之，南蕪哈德的史萊姆相當稀少一事完全屬實囉……」

「原來如此……畢竟與南蕪哈德相比，我們剛踏上旅途時的那片沙漠沒那麼熱。從那裡到南蕪哈德之間，溫度剛好就介於史萊姆能否生存的極限。這麼一來，也能解釋為何唯獨南蕪哈德當地鮮少有史萊姆出沒，這是因為它們都被熱到融化了。」

聰明的萊卡立刻統合狀況開口解說。我認為她講得非常正確，沒有什麼需要我再補充的。

——本該是這樣沒錯。

我猛然想起昨天在旅店裡看見的光景。

「那個，萊卡……可能只是我想太多……但或許有一部分的情況嚴格說來並不是這樣……」

「此話怎說？亞梓莎大人。」

「目前能肯定史萊姆身處在溫度高到會蒸發的地方就會當場融化……但它們該不會只有變成液體，其實是一息尚存呢……？總之就是化成液體階段依然活著，當溫度持續上升至蒸發時才會真正死去。」

「對耶，從固體變成氣體之前會先化成液體，剛剛的史萊姆也是跳到高溫的沙子上才融化，如果它繼續躲在陰影底下就會活著了。」

「若是史萊姆在化成液體時剛好氣溫下降，搞不好就會變回固體重新復活。還記得史萊姆原本就是一種彷彿由水分組成的柔軟魔物對吧？而它徹底化成液體時就只是進入假死狀態。」

「義母大人，妳這個假說還真不可思議呢，是什麼理由讓妳這麼認為呢？」

席羅娜以略感傻眼的語氣反問我。

「比如說……天氣太熱時，有些史萊姆就會跑進比晒燙的地面涼快許多的桶子裡……待在那裡等待入夜時能降溫吧……」

沒錯，就像昨天在旅店裡的「桶子在不知不覺間就裝滿水」那樣。

我將目光飄向哈爾卡拉。

席羅娜跟萊卡則是吃驚地同時看著哈爾卡拉。

「請、請等一下……難不成是想說我昨天喝的那些水是化成液態的史萊姆嗎……？討厭啦～……師父大人的想像力也太豐富了……」

就在這時，哈爾卡拉的肚子發出怪聲。

**咕嚕咕嚕咕嚕咕嚕，咕嚕咕嚕～**

「哇！這是什麼聲音!?」

「情況果然不太對勁！妳趕快去喝瀉藥會比較好！」

眼下最好快去南蕪哈德市區裡的藥局找找，相信再怎麼說也有賣瀉藥才對。

我準備牽起哈爾卡拉的手。

但最終只是撲了個空。

「我跳——！」

哈爾卡拉維持雙腳併攏的姿勢，一口氣往前跳了三公尺左右。

那模樣簡直就像是史萊姆。

「哈爾卡拉小姐的身體原本就這麼有彈性嗎？這距離以立定跳遠的成績來說算是很遠喔。」

萊卡莫名佩服地說著，不過我認為這絕非常人能夠辦到。

「吶，萊卡……妳仔細觀察哈爾卡拉的眼神……」

「啊！」萊卡驚訝地摀住嘴巴。

哈爾卡拉的眼神變得跟史萊姆非常相似！

「我跳——！」

哈爾卡拉再度往前跳，而且比剛才跳得更遠。

再這樣下去會被她逃走的！

我們連忙追了上去！快停下來啊！

「義母大人，我還是難以接受這個說法！就算桶裡的水都是液態的史萊姆，副作用了不起就是腹痛或腹瀉！如果出現哈爾卡拉小姐這種症狀，事情肯定會鬧得更加沸沸揚揚吧！」

席羅娜邊跑邊說。

「嗯，妳說得很對，不過……哈爾卡拉昨天做了一個特殊的舉動。」

一般案例應該就像席羅娜說的那樣。

偏偏哈爾卡拉的情況不太一樣。

「特殊的……舉動……？」

「就是哈爾卡拉被健康仙人掌的刺扎過全身，導致她的胃腸變好！若是沒有腹瀉把液態的史萊姆排出體外，就會造成其他影響！」

「難、難道說……等等……因為身體健康到沒能及時排出，反而讓症狀更嚴重……」

在那之後，我們逮住以驚人的跳躍能力往沙漠逃竄的哈爾卡拉——

接著強迫她喝下瀉藥與大量的水——

她這才終於恢復原樣。

首先能看出哈爾卡拉的雙眼恢復了神智。

「我做了一個奇妙到難以言喻的怪夢……我夢到自己變成一隻史萊姆……」
「是啊，我們相信妳說的話。」
多虧哈爾卡拉碰巧親身進行人體實驗，讓醫學界新增一個當人誤食史萊姆時會變成怎樣的案例。
後來，席羅娜將史萊姆能夠棲息的溫度整理成正規的調查報告，為史萊姆的研究帶來許多貢獻。

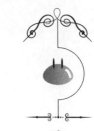

# 詢問神明是否真有犯太歲這回事

She continued destroy slime for 300 years

此事發生在哈爾卡拉的工廠暫時歇業的那天。

哈爾卡拉在翻閱幾本書之後，幽幽地發出嘆息。

「原來如此，問題就出在這裡呀～」

當我在廚房清洗碗盤時，碰巧聽見哈爾卡拉在喃喃自語。假如沒聽見的話也無妨，原因是按照她的語氣似乎也不嚴重。

「嗯嗯，想說最近怎會諸事不順，如今謎團解開便能釋懷了。既然都已查明原因，接下來只需採取對策，算得上是解決一半的問題囉～」

哈爾卡拉八成是故意想講給我聽，畢竟這音量以自言自語而言實在是太大聲了。

但她又不是真的在對我說話，所以我便繼續履行自己的職責把碗盤洗乾淨。

哈爾卡拉此時走進廚房。

「那個，師父大人，妳有聽見我說的話吧？會好奇我在說什麼嗎？應該有感到好奇吧？」

「妳果然是故意講給我聽的。」
「答案就是這個！鏘鏘～～！」
哈爾卡拉攤開的書裡寫著以下這段文字。

## 精靈族的歲數對沖表

### 前一年、當年、後一年（註1）

「原來這世界存在著犯太歲的概念啊！」
「對呀，外加上精靈都很長壽，一生之中會犯太歲好幾次，今年就是我犯太歲的後一年。」
哈爾卡拉以理所當然的語氣說著。
歲數對沖表裡的年齡部分有清楚寫到三位數，甚至還有四位數。
「犯太歲啊……哈爾卡拉，我記得妳的事業不是很順利嗎？畢竟妳還開了一間博物館。」
要是公司業績不好的話，是絕無可能建造博物館的。

註1　日本的犯太歲是依照歲數而非生肖，並且在前後一年也會有影響。

「我在事業上是非常順利，不過運氣好壞也分成好幾種吧？像我就覺得自己的健康運不太好。」

語畢，哈爾卡拉從櫥櫃裡拿出一瓶酒。

**「我總覺得今年宿醉的頻率特別高，結果原來是因為我犯太歲喔。」**

「就只是妳飲酒過度了啦！」

把這種破事怪罪到犯太歲頭上，掌管犯太歲的存在聽了也會暴怒吧。再怎麼想推卸責任也該有所限度。

「請別誤會，師父大人，我並沒有將自己所有的宿醉都怪罪於犯太歲上喔。」

「原來妳還有自覺啊。」

那妳就該懂得改過自新。

「不過我以前是每個月平均只有兩次宿醉，反觀今年則是每個月多達四次，所以我才認為是運氣不好。」

「純粹是妳喝太嗨的次數變多吧……」

聽在我耳裡只覺得是不斷在找藉口罷了。

「如果我是最近才毫無節制地喝酒，原因很可能就是這個，但我從以前到現在的飲酒方式不曾改變過！打從很早以前就缺乏節制！因此問題就是出在運氣上！」

哈爾卡拉將右手中的酒瓶高舉向天。

妳少在那邊講得頭頭是道……

「這種事只要調整飲食生活就能改善吧。我相信神明是想提醒妳少喝點酒。」

我說完後，哈爾卡拉不停點頭。

「沒錯，我認為此事的原因很可能是眾神之類不可言狀的非凡力量介入其中，所以——我決定舉辦除厄儀式！」

「原、原來如此……除厄儀式和神明的提醒都算是同一類的事情。」

乍聽之下是稍微有點說服力。

但也只是稍微有一點點而已。

不過我相信哈爾卡拉八成是想把宿醉一事推說是犯太歲造成的。

關於除厄儀式，我認為是先自我改進之後，在效果不彰時才會進行的事情吧。

就像是有一條堆滿垃圾受汙染的河川，比起舉辦法事更應該先清理河川。

或是從來沒用功念書的人，無論如何向神祈求考試順利也都必定會落榜。

我身為一家之長，這種時候就應該嚴厲叮囑哈爾卡拉要少喝酒。

「聽我說，哈爾卡拉——」

忽然有人從旁打斷我說話。

「亞梓莎大人！我發現一件不得了的事情……」

萊卡快步跑過來。

看見她手裡的那本書，我莫名有股不祥的預感。

「萊卡，發生什麼事了嗎？」

**「依照龍族的歲數對沖表，我今年剛好犯太歲……」**

「龍族也有所謂的犯太歲啊！」

「嗚嗚……這種事是一旦知道就會在腦中揮之不去……害我無法集中精神。看來我還不夠成熟……」

萊卡把書放在桌上，露出相當苦惱的表情。

想想她屬於相信占卜的那種人，因此對於犯太歲這類事情也會特別在意吧。

這下該如何是好……儘管提醒她別太迷信是很簡單，但問題是這麼做就能消除煩惱的話，她也不會感到如此頭疼了。

「萊卡，妳就試著轉換心情，別一直糾結這件事吧。」

「師父大人，為何妳對我的態度就差那麼多!?總覺得妳一點都不疼惜我！」

哈爾卡拉開口指責，只可惜真被她給說中了。

「因為哈爾卡拉妳是早已知道改善情況的具體方法，並非一連串不可抗力的倒楣事發生在妳身上。」

「要我少喝酒就是屬於不可抗力的事情喔～」

這個反駁頗令人火大的。

「更何況哈爾卡拉妳是犯太歲的後一年，主要的那年已經過了。以犯太歲的本命年為基準來看，按理來說妳是會逐漸轉運，也就是運氣會慢慢變好，所以妳會越來越好運喔。」

「這麼說也對。」

她居然老實接受了我的說法。

「意思是我可以繼續宿醉囉。」

看來哈爾卡拉完全沒考慮要少喝點酒……那她接受除厄儀式也一點意義都沒有。

此時，羅莎莉從流理臺冒出頭來。

「很抱歉請容我從奇怪的地方冒出來，因為幽靈比較喜歡潮溼的場所。」

「啊～嗯，這倒是可以理解，妳有什麼事嗎？」

**「按照惡靈的歲數對沖表，其實我今年也犯太歲喔。」**

「這張對沖表是誰製作的啊!?」

感覺上死後就與犯不犯太歲沒有關係，但即便已化成幽靈，終歸還是有幸運與否的概念吧。

可是受幸運眷顧的地縛靈，這種話聽起來不覺得很矛盾嗎？

倘若好運的話，早就已經升天了吧……？

此時，芙拉托緹邊笑邊從走廊走過來。

莫名像是追著萊卡而來。

「再怎樣也不該為犯太歲這種無聊事發愁吧！天底下才不存在什麼犯太歲咧！萊卡妳根本就只是看起來很聰明，實際上是個笨蛋吧！」

「吵死了……畢竟我又不像妳那樣腦袋空空地活在世上，多少還是會在意啊！」

萊卡紅著臉反駁。

既然她會臉紅，表示對此稍有自覺吧。

儘管說穿了就是迷信，但就算明白這點仍會介意。

占卜之類的事情（雖然占卜跟犯太歲相去甚遠，類型上卻又很相似，所以我是把兩者當成同一回事）就是這樣。

「真有官方數據統計是人在犯太歲那年特別容易受傷嗎？人家相信肯定沒有，因此犯太歲這種事毫無根據！」

「…………唔～話是這麼說沒錯啦……」

萊卡被堵得啞口無言。

畢竟芙拉托緹的說法很有道理。

由於芙拉托緹從不念書，因此以學力而言屬於笨蛋級別。比方說某個陌生的村莊有什麼特產，假如沒有相關知識就絕對答不出來，而芙拉托緹對這種事肯定是一問三不知。

不過她的腦筋非常靈活。

並且能合理看待各種事物。就因為她不拘小節，有時反倒可以迅速想通問題。

「既然會擔心犯太歲，那就別深入瞭解即可，而且知道那種事也毫無意義。深究之後才為此煩惱，簡直與挖坑自己往裡跳毫無區別喔。」

**「住口！別再以正確的論調攻擊我！」**

萊卡的臉頰變得更紅了。

這問題變得比想像中還嚴重。

就像我在算命時出現大凶，仍會心情鬱悶一陣子吧。

倘若這段期間遭遇失敗，可能就會把原因怪罪於大凶上。

像我在前世不管有沒有出現大吉，依然無法改變我會過勞死的宿命才對……換言之，沒有解決根本問題就無法改善情況。

因此犯太歲這件事終歸是心理問題。

無論旁人如何安慰都幫不上忙。

反觀芙拉托緹這種根本不信邪的人，就完全不當一回事。

這部分的影響徹底因人而異。

既然有人為此發愁，也就必須設法解決。

我在洗完碗盤之後，拍了拍手說：

**「那麼，就來找方法擺平犯太歲的問題吧。」**

「精靈族在犯太歲時，就只能回故鄉舉辦除厄儀式喔？」

「龍族在犯太歲時，同樣得返回故鄉才有辦法解決。」

「惡靈在犯太歲時，必須前往知名靈異地點才能夠擺平喔，大姊妳不怕嗎？」

至少我是死都不想前往靈異地點啦。

「我不會針對妳們的個案分開處理，而是有個地方能一口氣通通搞定。」

◇

於是我帶著擔心犯太歲的家人們和沒事可做便一塊跟來的芙拉托緹，來到弗拉塔村裡的梅嘉梅加神殿分部。

「師父大人，妳是來領取新的『德行集點卡』嗎？」

「我想直接向梅嘉梅加神請教關於犯太歲的事情。」

當我們站在神殿前的瞬間——

就被傳送至類似異空間的地方。與仁丹所在的空間很相似。

梅嘉梅加神就在裡頭。

「哈囉哈囉，各位是怎麼了嗎？若有任何煩惱都可以說喔。」

雖然梅嘉梅加神生性隨便，但她這種乾脆的態度在此時倒是幫了大忙。

於是我將造訪的理由娓娓道來。

簡言之便是有多名家人都為犯太歲一事所苦，不知有沒有什麼好建議。

老實說我與眾神有建立人脈。

因此才決定直接向神明尋求幫助。

如果梅嘉梅加神回答「這世上根本沒有所謂的犯太歲，一切都是心態問題」，相信整件事便能迎刃而解。如此一來，萊卡也就不會過度在意犯太歲這種事情了。

原因是在意犯太歲的人，往往都會特別重視神明提供的意見。
而這便是能夠造訪神明之人才得以實現的解決方法。
我個人認為，犯太歲八成是人類自己想出來的概念。
至少我是沒聽過有神明把自己製作出來的歲數對沖表交給神官。
相信這麼做可以一次解決所有問題！
可是結果竟與我的預測有所差異。
「是嗎？犯太歲呀。嗯～這問題真是難回答耶～」
咦？梅嘉梅加神罕見地皺起眉頭。
「我還以為妳會斬釘截鐵說『犯太歲只是迷信』耶……」
「我的確也想這麼回答，但我好歹身為專家，豈能草率回答問題。這就跟科學家在回答問題時，都不會給出確切的答案。正因為是專家，也就無法忽視各種可能性。」
儘管我覺得神明拿科學家來當作比喻非常奇怪，但還是多少可以理解梅嘉梅加神想表達的意思。
「其實有另一位神明比我更瞭解這件事，就請她來幫忙回答吧。」
梅嘉梅加神剛把話說完——
仁丹便出現在此。

畢竟她們都是神，理應能自由往來於各個空間，但我還是覺得有點突然……
「喂！別忽然把朕傳送過來！朕好歹是女神！於理來說應該更尊重朕才對！」
仁丹自然是對梅嘉梅加神大表不滿。
「別氣別氣，總之就是如此這般喔。」
「妳真以『如此這般』這句話來解釋，鬼才聽得懂妳想說什麼！少在那邊胡亂省略，好好解釋！」
因為我相信自己來說明，比起交給梅嘉梅加神解釋更能減少誤會，所以我又解釋一遍。老實說這也不是多麼複雜的問題。
「喔～犯太歲啊，原來如此。」
呃，仁丹的反應同樣偏向模稜兩可。
我本來希望能換來「這只是迷信」的答案，結果似乎不是這樣。
「這讓我有點害怕了，難不成世上當真存在犯太歲這種事嗎……？」
臉色蒼白的羅莎莉彷彿想確認似地開口發問。
「任何種族的人都不會活到特定年份就變得特別倒楣。假如此事當真，犯太歲就不會是如此模糊的概念，而是自古以來更加明確地為人所畏懼。」
這麼說也對，畢竟犯太歲一事比起實際存在的魔法更加曖昧不明。
「既然如此，也就不存在所謂的犯太歲不是嗎？那就沒啥好討論的啦。」

芙拉托緹對待神明的態度毫無敬意可言，但她並非是個無神論者，單純是沒把神明放入眼中。

仁丹歪著頭說：

「話不能這麼說，即便犯太歲一事無法當成普遍的概念，不過……若說世間是否存在所謂的命運……朕的答案是有。搞不好有滿多人是在犯太歲那年遭逢禍事，其中還有人是因為犯太歲而增加兩成的霉運也說不定，所以朕也不敢斷言毫無影響。」

**「咦……世間真有所謂的命運嗎……？」**

我詫異地再度確認。

倘若此話屬實，我們的未來也就早已命中註定不是嗎？

「情況並沒有亞梓莎小姐妳想得那麼嚴重喔～不管妳今後做了什麼，並非所有的事情都是早已註定，畢竟眾神也沒閒到還要規定世上所有人類必須何時放屁或打哈欠。」

梅嘉梅加神，妳這樣安慰我是很高興，但我希望妳能用放屁和打哈欠以外的事情來比喻。

既然如此，世間也就沒有所謂的命運，一切皆為偶然之下的產物嗎？

可是按照兩位女神的反應來看，事情似乎沒有那麼單純。
梅嘉梅加神望向仁丹。
「這世界應該有掌管這部分的神明吧。」
**「嗯，確實是有所謂的命運之神。」**
原來真有這種感覺好像非常厲害的神明存在……
「都是由他來設定和調整命運。」
真的假的……表示此世界確實存在命運這種概念。
「雖然朕也是一知半解，反正就是亂數以及變動機率怎樣怎樣的。」
忽然覺得聽起來滿可疑的。
「總之關於犯太歲這件事，很可能是由他負責掌管，所以朕與梅嘉梅加都無法斷言。」
總感覺話題突然扯遠了。
**「妳們就直接去見命運之神，把『犯太歲當真存在嗎？』這件事拿去問他就好。」**

「最終果然演變成這樣！」

這件事令我感到有些害怕！

儘管不清楚命運之神是何種存在，又擁有怎樣的個性，但真要見面還是頗令人緊張的。

一想到如果剛見面就換來一句「妳將會在明天喪命」，老實說是挺嚇人的。確切而言是已然超出嚇人的程度了。

與其要我向命運之神詢問關於犯太歲的事情，我情願就這麼等待犯太歲的那年過去。原因是只要過了犯太歲的期間，之後也就沒啥好害怕的。

「關於命運之神的住所，他應該就住在這裡，妳們去拜訪他吧。」

仁丹遞來一張寫有地址的紙條。

「儘管他並非隨隨便便就能見到的存在，不過這張紙也算是介紹信，相信他會願意接見妳們的。」

嗚哇啊！這下子由不得我說不想去了！

「亞梓莎小姐，我應該也沒見過命運之神，之後再聽妳說說他是個什麼樣的神明囉～」

梅嘉梅加神，拜託妳別落井下石！

不過相較於我，萊卡的臉色異常凝重。

「那個……真是非常抱歉，亞梓莎大人，沒料到事情會鬧得這麼大……」
「不會啦，這不能怪妳，畢竟我萬萬沒料到會牽扯上命運之神……」
「如果命運之神說我因為喝太多酒，明天就會沒命的話，那該如何是好……」
「既然妳會擔心身子被酒搞壞，就應該記得節制點。」
依照哈爾卡拉的情況，只能請她自己努力改變命運了。

◇

數天後，我、萊卡、哈爾卡拉以及羅莎莉前去拜訪命運之神。
順帶一提，我這次是讓芙拉托緹負責看家。
雖說有一部分的原因是芙拉托緹本來就對這件事不太感興趣，但我主要是擔心她會惹怒命運之神。
就算不太可能發生「因為妳很欠揍，我決定讓妳明天就死」這種後果不堪設想的情形，但也沒人能保證真的不會變成這樣。
既然是掌控命運的神明，感覺這應該難不倒他，因此還是謹慎點比較好。
於是乎，我們來到某州的某個平凡無奇的河堤邊。
該河堤旁有一顆十分巨大的岩石。

「大概是有段時期發生洪水，把岩石沖來這裡吧。」

羅莎莉飄在岩石附近如此說著。想必應該就是這樣吧。

「好，這裡就是起點，接下來我會邊數步數邊走，其他人則是在心裡默數，如果我數錯就提醒一下。」

其他人點頭答應。

於是我在喊出數字的同時邁開步伐。

「一、二、三、四、五！」

**——首先是背對河川往前走五十五步。**

仁丹交給我的介紹信上如此寫著。

順帶一提，跟在我身後的是萊卡，接著是哈爾卡拉。因為每個人的步伐距離不會差太多，所以應該沒問題才對。

「五十五！好，我應該沒數錯吧？妳們也一樣嗎？」

我抬頭望向從高空幫忙確認的羅莎莉。

「我覺得沒啥問題！祝大姊接下來也武運昌隆！」

武運昌隆就真的太誇大了，總之我接續下個步驟。

「嗯～再來是往正北方前進三十八步。」

我轉向面對正北方。

「一、二、三！四、五、六！」

老實說相較於數錯步數，反而是起始方位一旦失之毫釐，走到後來就會差以千里……但眼下就先別顧慮這些，乖乖按照紙上的指示去做即可。

所謂的神明大多都不拘小節，因為掌管的事物過於龐大，經常不會去顧慮細節。

話雖如此，對神明以外的存在請教犯太歲一事，就只會換來模稜兩可的答案。若想釐清這件事，最省時的方式就是去請教該方面的專家。

「**『接著往右斜前方走一千四百八十三步，然後詠唱咒語（參照另一張紙）』**——

這肯定會偏離方向吧！想抵達指定位置根本是強人所難！」

「別動怒，亞梓莎大人……眼下就盡力而為吧……」

「嗯，我是不會就這樣回去的。反正也不是勉強到無法執行的數字……」

這次是由我先走，之後再讓萊卡以及哈爾卡拉輪番出發。

此舉是為了確認三人之間的位置實際上會相差多少。

首先由我開始，萊卡跟哈爾卡拉則待在樹蔭下休息。

當我按部就班走了七百步時——

忽然從旁跳出一隻史萊姆。

「別礙事，到旁邊去。」
因為它擋到路，於是我彎下腰抓起它扔向遠處。
「喔～師父大人扔得真遠呢～」
樹蔭下傳來哈爾卡拉的聲音。
「嗯，大概是我的姿勢還不錯吧。」
既然礙事者已經消失，我就繼續——
…………啊、糟糕。
我臉色發青地慢慢轉過身去。
「那個……我剛剛走幾步了……？都怪史萊姆害我忘記了。」
想當然沒人記得，現場瀰漫著一股無奈的氣氛。
「這、這次每走一百步就在地上畫個記號！師父大人，失敗為成功之母！藥品也是歷經多次臨床實驗才找出適當的劑量喔！」
哈爾卡拉以積極向上的話語鼓勵我。
可想而知現場就是瀰漫著這種徹底搞砸的尷尬氛圍。
「謝啦，哈爾卡拉……不過妳拿臨床實驗來比喻又頗嚇人的。」
或許是多虧史萊姆鬧場導致我忘記步數的崇高犧牲所賜——
「一千四百八十三！」

我終於抵達目的地。

於是我立刻在腳下畫個×當作記號，接下來只能祈禱此處沒有偏離正確位置。

在這之後，萊卡和哈爾卡拉同樣參照紙上內容輪番往前走，結果都走到與我之前相差滿遠的位置上。

萊卡走得比我更遠，哈爾卡拉則是停在滿前面的地方。

「嗯……我早就料到會發生這種事了。」

以這種方式尋找地點，沒有出現偏差才奇怪呢。

可能是大家的位置都不一樣，不難看出萊卡與哈爾卡拉都顯得有些無精打采。

至少無法肯定自己所在的地點完全正確。

「羅莎莉，請說說妳看完之後的感想。」

「因為妳們的步伐距離相差很多，如果只走幾步倒也還好，一旦走了那麼多步，就令落差大幅增加，最終抵達截然不同的位置。」

「嗯，果真如此。算啦，就不抱期待地開始詠唱吧。」

我開始閱讀仁丹給的第二張介紹信，上頭寫有能讓人前往命運之神所在地的咒語。

「妳們都有抄下咒語吧？」

從另外兩個方向傳來肯定的回應。由於咒語很短，因此大家都抄了一份。

「那就同時開始詠唱吧。或許我們之中有人能成功也說不定。」

立刻再度傳來肯定的回應。

「漢瑟莉亞・潘瑟利諾・歐瑟蕾・魯盧安。」

我不抱期待地開口詠唱——

結果我整個人被傳送至其他地方！

◇

這地方類似於仁丹所處的空間。

可以肯定此處是神明所在的空間。

「咦？我剛好就在正確的位置上嗎？簡直就是發生奇蹟了。」

「啊、仁丹提到的人類當真跑來了。」

我回頭望向聲音的源頭，發現有個人位於擺放著大量黏土板的桌子旁，並且正在從事某種工作。

那人將紅褐色的長髮綁起來，長相清秀且略顯中性，能從那微微隆起的胸部看出是一名女性。身上衣物是以黑黃兩色為主，模樣看起來相當時髦。

「請問妳就是命運之神嗎……？」

雖說這不是我第一次見到神明，但還是有點緊張。

「沒錯，我是命運之神卡芬。因為仁丹要我見見妳，所以我便照辦了。」

名為卡芬的神明沒有望向我，一直低頭閱讀黏土板。看情形似乎打擾到她辦公了。

「放心，仁丹有提過妳會來。那妳想問什麼？我這就立刻幫妳解惑。」

儘管有可能是我結識的神明並不多，但她的個性與梅嘉梅加神以及仁丹明顯不同。

該怎麼說呢？她似乎對人類不太感興趣。

老實說這是無所謂，不過眼下存在著一個問題。

那就是只有我一人抵達這個世界。

看來這並非採取解開謎題之後，會自動將隊伍所有成員都傳送過來的機制。

「那個～～……其實真正想請教問題的其他人都還沒過來……」

雖然由我代表詢問關於犯太歲的事情也行，但如果可以的話，是希望讓那些真正在意此問題的人能夠親耳聽見。

「啊～這點妳可以安心，就只是時間有些落差罷了。」

卡芬說完的下個瞬間——

哈爾卡拉以十分貼近的狀態突然出現在我面前！

「哇哇哇！師父大人，妳靠太近了啦！這樣會害我冒出奇怪的念頭喔！」

「等等，這會令妳冒出奇怪的念頭才有問題吧！況且是妳忽然出現在離我那麼近的地方喔！」

我大幅後退一步。

——這次是萊卡以十分貼近的狀態出現在我面前。

「呀！真、真是非常抱歉，亞梓莎大人……都怪我出現在不恰當的位置上……」

「啊、有時總會出現這種情況……妳別在意……」

萊卡害羞地拉開距離，我也將臉撇向一旁。

等等，目前還少一個人，俗話說有二就有三……

不過羅莎莉並沒有出現在我的面前。

是傳送得稍微比較晚嗎？還是她出現在截然不同的地方？

總覺得體內莫名有股搔癢感……

**「大姊，對不起，我出現在妳的身體裡。」**

羅莎莉的聲音聽起來異常接近！差不多就像是人頭錄音！

「原來妳在這裡！因為這樣會害我渾身不對勁，麻煩妳快出來！」

羅莎莉離開之後，身體的搔癢感也隨之消失。

「嗯，應該所有人都來了吧。相信妳們都沒有數錯步數。這種情況的關鍵在於數字。意思是假如沒有計算步數，立刻站在指定地點上也不會發生任何事。此事件就是這麼一回事。」

事件……感覺她像是以超脫次元的視角在說話。

「那我重新自我介紹一次，我就是命運之神卡芬。那麼，各位有任何疑惑就儘管問。」

即便所有人都已經到齊，卡芬仍低頭閱讀黏土板，看起來好像很忙碌，感覺是我見過的神明之中最辛勤工作的一位。

我以外的三位家人面面相覷。

大概是她們還沒決定好要由誰先發問。

畢竟是對神明提問，不難理解會感到很緊張。

「好、好吧……就由算是此事開端的我來發問。」

第一位提問者似乎決定是哈爾卡拉。

「命運之神，請問犯太歲一事是真的存在嗎？」

卡芬將原本對準黏土板的目光移向哈爾卡拉——

「確實是存在。」

並斬釘截鐵地給出答案。

「果、果真有所謂的犯太歲！那我得趕緊舉辦除厄儀式！」

哈爾卡拉慌了手腳。縱使她的個性大而化之，但聽見命運之神這麼一說肯定會堅信不疑。經此一事，她今後或許真的會少喝點酒吧。

萊卡跟羅莎莉也露出不知該如何是好的表情。

我則是驚訝得瞠目結舌。

沒想到犯太歲居然具有如此驚人的影響力……

「那個，我是來自紅龍族的萊卡，請問……該怎麼做才能夠減輕犯太歲的影響呢？」

這次換成萊卡發問。既然有所謂的犯太歲，出現這種反應實屬正常。

「犯太歲的影響？這種事並不存在。」

卡芬冷漠地說著。

「這、這、這、這、這是怎麼一回事!?那到底是存在還是不存在？」

滿頭問號的我向卡芬提問。

總覺得這位神明有著故意想要人的一面，問清楚點應該會比較好。

「一如我字面所言，首先是精靈小姐詢問犯太歲一事是否存在，因為當人以犯太歲一詞來詢問我，犯太歲的概念就已確實存在——我自然得回答『存在』。」

命運之神將手肘靠在桌上，以手掌托著下巴。

「另一方面，犯太歲的影響並沒有實際數據，所以我回答『不存在』，兩者之間並無矛盾。」

換言之——犯太歲這個概念確實存在於世上。

可是造成的影響就不存在了。

「原來是這樣呀~因此犯太歲就只是迷信囉，真是可喜可賀呢~」

「這並不是迷信。」

命運之神一臉淡然地再次否定哈爾卡拉說的話。

「咦咦咦咦咦！結果到底是怎樣？拜託妳說清楚啦！」

哈爾卡拉尖叫出聲。

問。

嗯，我也很納悶這句話是什麼意思……若是哈爾卡拉沒有開口，我肯定會提出質

「因為犯太歲這個概念已長時間存在於你們人類之間，並以不明確的形式深植於心中。如此一來，這就不能歸類為迷信，而是如假包換的文化與習俗。也就是說，犯太歲理應會從各種層面對你們的人生造成影響。」

「那、那個……這麼解釋也沒什麼不對……」

依照我的觀察，我已隱約明白這位神明慣用的手段。

她是個很會瞎掰的傢伙！

天底下總有這種人存在。雖然這種人一個不小心很容易就會弄巧成拙，或是惹得對方心浮氣躁，但這恰恰吻合她那長相中性且性情稍嫌古怪的氣質。

以這個角度而言，算是被她的角色特性幫了一把。要是武史或蜜絲姜媞做出相同舉動的話，很有可能會令人產生五倍之多的不耐煩感。

「或許是我太笨會錯意，總之不會因為犯太歲就讓人變得特別倒楣囉。這樣的話就無所謂了。」

「嗯，幽靈小姐說得很對。所謂的犯太歲，其實是從某時期突然出現的一種框

架。」

「框架？」

大概是這個比喻很奇怪，羅莎莉反問回去。

「沒錯，透過框架來討論一件事會比較淺顯易懂，因此把框架當成道具來利用時是沒什麼問題，但假如被框架所操弄——」

命運之神卡芬發出一聲嘆息。

「——就是本末倒置了。」

感覺她還挺愛裝模作樣的……

「總而言之，無論是犯太歲、帶來保佑的咒語或占卜，把這些都當成是一種工具善加利用，藉此更容易理解這個充滿偶然的世界就好。只要別忘記自己才是工具的主人，也就不會有任何問題了。」

雖然能理解她想表達的意思，卻又莫名令人不爽……

等等，恐怕神明都是這種調調。就像仁丹與卡芬在類型上雖然不太一樣，卻都喜歡擺架子，而且身為神明的確是很偉大。可能是我最初見到的神明是梅嘉梅加神，才導致我對神明的觀感產生扭曲……

但天底下沒有比卡芬更瞭解犯太歲的專家了。

那我就趁現在打破砂鍋問到底吧。

「我是高原魔女亞梓莎。按照命運之神妳的說法，這世上就只存在著各種偶然，並沒有任何必然囉？」

「當妳提到必然二字，所謂的必然——」

「這部分我已瞭解，直接跳過沒關係！我相信妳想說當人替偶然賦予意義之後，就會產生名為必然的概念對吧！」

「高原魔女小姐，妳的思緒真敏銳呢。」

卡芬得意一笑。

「能被妳稱讚是我的榮幸，總之這部分的理論我已聽明白了。」

儘管這位神明說起話來沒完沒了，不過她就只是想表達這世上不存在命運或必然的結果。

若以耍帥的方式來解釋，就會如同這位神明的說法。

「沒錯，當妳提到必然二字，所謂的必然就會隨之產生，那只不過是人們肆意挑選出其中的偶然再稱之為必然罷了。」

明明都被我制止了，卡芬最終還是把話講完！

接著她與我對視。

「高原魔女小姐，我知道妳在想什麼，妳覺得我很喋喋不休對吧。」

「是、是的……」

既然已被她發現的話，也就沒啥好隱瞞的。

「但是可以讓我把話說完嗎？如果不講完會讓我覺得沒能好好收尾。」

「沒想到妳的個性這麼直率！」

「謝謝，總之我會盡可能地簡短解釋，希望妳能耐著性子聽我說完。」

卡芬像是稍微鬆了一口氣。

看來我對她而言是屬於難搞的人。

反觀萊卡和羅莎莉就聽得很專注。

至於哈爾卡拉則是一得知沒有所謂的犯太歲就腦袋放空了。

「我打個比方好了，妳們是分別站在不同的地方，詠唱仁丹傳授的咒語對吧？」

「沒錯，正是如此。」萊卡回答。

於是卡芬望向萊卡。

想來是有人願意聽自己講話總會比較開心。

「妳們應該是各自站在不同的地點，結果卻全都傳送到我這裡來。龍族小姐，倘若數完步數並詠唱完之後就只有妳一人來到這裡，妳會對該地點有何看法？」

「我、我會覺得那是正確的地點。」

「嗯，任誰都會覺得那是一個特殊地點。順帶一提，妳對咒語的看法也是一樣，在被傳送至這裡之後就會認為它是特殊的咒語。」

「確實是這樣沒錯。咦……？明明我與其他人站在不同的位置，為何都能夠進來這裡呢……？」

「關於此事的真相，純粹是我會確認嘗試進入這裡的人是誰罷了。換言之，即使不小心數錯一步也不會失敗，當各位仔細計算步數的那一刻起就能來到這裡。」

不難想像結果會是這樣，要不然根本沒人能夠抵達此處……

「但只要自己嘗試的方法順利成功，就會被賦予名為成功案例的特權，而這便是隱藏於偶然之中的必然。」

「原、原來如此！」

萊卡點頭如搗蒜。

卡芬見狀後，有一瞬間稍稍放鬆表情。

應該是看見對方坦率地佩服自己而感到很高興吧……

意思是當我們收到介紹信的那一刻起，就可以進入這個地方了。

如此一來，也能理解仁丹為何會提供這種往哪走幾步的草率方法了。

「簡言之就是這樣，此世上只存在著偶然，就算找出高效率的好方法並不斷推廣，終歸只是因為這個好方法很方便才廣為人知，與必然截然不同。純粹是人類利用名為道理的框架來區分大量的偶然而已。」

卡芬還真愛使用框架一詞。
命運之神冗長的解釋至此告一段落。
而且解釋本身也能令人信服。
那麼，關於犯太歲的疑慮已經解決了，那就趕緊離開吧。
要是不小心再發問的話，恐怕又得被迫聽完那些長篇大論……
「那我們是時候該離去了。命運之神，謝謝妳——」
在我準備鞠躬行禮之際——
「那個，請問命運之神負責什麼工作呢？」

萊卡提出了下一個問題！

但這確實挺令人好奇的。
既然世上沒有所謂的命運和必然，這位神明又在管理什麼？
「這世上存在各種不講理的事物，我的工作就是設法彌補這些。」
這臺詞聽起來還真中二耶……
「具體而言是做什麼呢？」
眼下就交由萊卡提問吧。另外卡芬剛剛又一瞬間露出開心的表情，休想逃過我的法眼。

「我想想喔，假設有個遊戲是扔擲一顆六面骰，倘若出現奇數就可以讓角色復活，擲出偶數就只能讓角色維持死亡狀態。」

「表示有五成的機率能夠復活。」

「但妳不覺得有八成左右的機率都會失敗嗎？」

我腦中不禁閃過「確實是這樣耶！」的念頭。

接著卡芬裝模作樣地又嘆了一口氣。

「這種時候，我都會暫時提升失敗率。」

「為何妳要這麼做!?」

這情況實在是令我忍不住開口吐槽……

「其實我也不想這麼做，但既然身為命運之神，我就不得不這麼做。明明理論上是每一百次會成功一次，偏偏從頭到尾都沒成功過——不得不有人來營造出這種狀況。」

「才怪，根本就只是故意找碴！而且還非常惡劣！」

「我也是莫可奈何，所謂的命運就是這麼不講理，因此——」

卡芬從座位上起身，遞來一塊寫滿各種記號的板子。

「這就是『犯太歲時會特別倒楣之人的靶子』。」

「光聽名稱就讓人覺得無比惡劣！」

「接下來我會投擲飛鏢，藉此決定這裡面的頭號倒楣鬼。」

「這也太狠了吧！簡直是沒人性！」

完全就是邪門歪道的行徑！但如果說這就是所謂的命運之神，莫名又讓人有種釋懷的感覺。畢竟命運之神本來就像是會把人類玩弄於股掌之中的存在。

「那就來試試看吧。是誰特別倒楣呢？結果會如何呢？」

卡芬擺出投擲飛鏢的姿勢。看那樣子是真的要投擲出去。

被飛鏢選中的倒楣鬼——恐怕會死於非命。

畢竟這是被神挑中的「地獄倒楣鬼」。

不可能只是鞋底破個洞那點程度就能了事。

「啊啊……啊啊……我在這種時候總會特別容易中選……唯獨倒楣事莫名容易找上我……」

哈爾卡拉嚇得不停發抖。想想她確實擁有這種特質……

「如今我已了無遺憾，假如無法繼續當個惡靈該如何是好……？」

羅莎莉的感想聽起來都是好事，害我不知該作何反應！

萊卡露出一副不知該怎麼辦才好的表情愣在原地。

命運之神準備要做的事情——就是決定一名犧牲者。

就某種層面上來說與殺人無異。

既然如此，還是設法阻止卡芬會比較好。

但這既然是命運之神的工作，並非神明的我們就沒資格阻止，而且也不該阻止。

問題並不是出在我擔心遭受神的報復，而是我可以阻止嗎？

按照萊卡的個性，她在這短時間內肯定思考過此問題。

在不斷思索之後——根本無法得出結論。

因為執行者是如假包換的神明。

在得知這是她的工作之後，我們哪有任何理由能顛覆眼下的狀況。
基於此因，萊卡也不禁相當猶豫。
「都怪自己修行不足……我最終仍得不出任何結論。」
萊卡如此喃喃自語。
這真是一個考驗人性的選項。
「那我要投擲囉，在無數多的犯太歲之人會選到誰呢？」
命運之神已即將投擲飛鏢。
我到底該怎麼做才好？
想當然我根本沒得出結論，重點是哪有辦法得出結論——
我再度望向萊卡。
一眼能看出她現在無比糾結。
嗯，沒錯。
我已得出結論了。
命運之神投出飛鏢。
我隨即衝向靶子——
以右手抓住擲出的飛鏢。

**「這就是我的結論！」**

我大喊出聲。

「或許我不該這麼做，但既然徒弟這麼苦惱的話，就由身為師父的我來做出選擇！對我而言的不講理，就是會令萊卡感到難過的事情！」

我無法肯定怎麼做才是正確的，那我就做出能幫徒弟消除煩惱的事情。

若是這麼做會令自己陷入危險，就等到真的變成那樣再說吧。

幸好我結識的神明們都頗有來頭。

如果真的爆發衝突，我會堅持奮戰到底。

「亞、亞梓莎大人！」

萊卡以略帶哭腔的嗓音呼喚我。

「嗯～意思是妳不願意讓犯太歲的任何一人遭遇不幸囉。沒想到妳挺果決的嘛。」

語畢，命運之神稍稍揚起嘴角。這傢伙的性格還真惡劣。

「對我而言，必須讓人遭遇不幸才是不講理的事情。這看在神的眼裡或許是不可或缺的惡行……可是對人類來說，明知接下來可能會鬧出人命，而自身又站在有辦法阻止的立場上，直到最後都無動於衷才是不可取的行為。」

至少我認為這是必須加以阻止的事情。

我不覺得見死不救才是正確的判斷。

「而且無論如何我都無法對萊卡說出『這是莫可奈何的事情，沒有人可以阻止』這種話來。」

我對著萊卡露出微笑。

身為一名師父，這是相當不可取的態度。

「亞梓莎大人……我對自己能成為亞梓莎大人的徒弟打從心底感到慶幸！」

「別說這種彷彿要生離死別的臺詞！感覺很嚇人耶！」

因為聽起來很像是我做了某種不可挽回的事情。

話雖如此，情況或許真是這樣也說不定。

那麼，命運之神卡芬，妳打算怎麼做？

「…………真的是非常抱歉，其實方才那些都是鬧著玩的，希望各位別計較。」

卡芬將雙手一伸，擺出「拜託別激動喔」的姿勢。

「咦？鬧著玩的？」

這樣的結果也會讓人不知該如何宣洩情緒……

「我並不會從犯太歲的人們之中挑出一人讓他遭遇不幸。如同我先前所言，犯太歲一事確實只屬於民俗文化，神明並未介入其中。」

「既然如此，妳剛剛是在演哪齣戲啊!?」

這叫人如何信服。

「其實我只是想開個無聊的玩笑，不過……看妳們全都信以為真……導致我也下不了臺……抱歉喔，真的很抱歉。」

卡芬不斷向我們道歉。

「這玩笑也太超過了吧！一般人類以這種方式搞笑倒也無所謂，換作神明做出這種舉動任誰都會信以為真啊！開玩笑終究還是有適合與不適合的差別喔！」

「嗯，妳說得對，這完全是我的疏失……」

畢竟我無法要求卡芬以其他方式展現道歉的誠意，所以這件事也只能到此為止……

「那個，亞梓莎大人，這個……」

等卡芬道完歉後，萊卡便接著說：

「亞梓莎大人真是太帥氣了……我今後也會以徒弟的身分繼續精進！」

能聽見萊卡這麼說是很開心，但我只覺得非常害臊……

「師父大人，妳真是太出色了！我會追隨妳一輩子的！即使我喝酒搞壞身子也請妳多多指教！」

「哈爾卡拉！最後那句可以別說喔！」

「大姊，我會糾纏妳一輩子的！」

「羅莎莉，妳的措辭有誤喔！」

因為不小心耍帥過頭，害我感到渾身不對勁……

「哈爾卡拉，既然妳對犯太歲一事沒有其他問題，我們就回去吧。嗯，回家回家！」

我決定盡快離開這裡！多待無益！

總覺得卡芬臉上浮現有些失落的神色。

「是、是嗎……？總之這也算是一種緣分，倘若妳們日後又有任何想瞭解的事情，隨時都可以來找我。只要妳們不介意我邊聊邊閱讀黏土板，無論想聊多久都可以喔。」

這位神明其實很想找人聊天吧……？

總覺得她單純是不擅長與人交流。

不過直接戳破此事似乎又滿失禮的，於是我忍住沒說。

在返回原來的世界後，雖然我稍微鬆了口氣，但這件事並未當真告一段落。

當我們被化成龍形的萊卡載在背上飛向家裡時——

「亞梓莎大人當真是一名非常出色的女性。」

萊卡不停開口誇我，令我感到渾身不自在。

過度受人尊敬感覺也不是什麼好事。

在見到命運之神之後碰上如此羞人的情形，或許一切都是必然也說不定……

唔～……即使知道萊卡純粹是在誇讚我，卻反而更令人覺得不好意思！

當天晚上——

「既然我的宿醉與犯太歲無關，就來喝酒慶祝吧～！」

拋出這句話的哈爾卡拉因喝太多酒而醉倒了。

像她那樣喝到醉倒，隔天理所當然會宿醉嘛！

◇

後來我前去詢問仁丹。

「那個，命運之神她…………八成沒什麼朋友吧。」

「那丫頭對自己身為命運之神一事相當執著……所以才變成那副德行。當她變成那樣之後，就無法主動跑出去玩了。」

看來真被我猜中了……

「儘管是個難搞的丫頭，但朕相信她不會做出危害人的舉動，因此希望妳有空能去陪陪她。」

「嗯，明白了。」

若有誰閒閒沒事做的話，就派去陪命運之神解解悶吧……

# 決定生日日期

She continued destroy slime for 300 years

「吶吶～媽咪～」

當我在晾衣服時，法露法忽然跑了過來。

夏露夏則跟在後面。

而且我發現隔著一段距離的地方，桑朵菈將一半的身體埋入土裡正在偷看我。不難看出該地點與她平常進行光合作用的位置有些差異，似乎是想偷聽我們說話。

「有什麼事嗎？法露法。」

**「媽咪妳的生日是幾月幾日～？」**

居然拋出這個無比單純的問題。

「我的生日？我的生日是～…………生日？」

我停下晾衣服的動作。

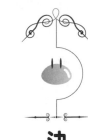

話說回來，哪一天算是我的生日……？我從來沒思考過這個問題……

理由很簡單，因為在我誕生到這個世上的瞬間，就是個擁有十七歲外表的魔女。所以按照一般的認知來說，那天並不能算是生日。所謂的生日本來是指人以嬰兒之姿誕生到此世上的時間點才對。

由於我沒經歷過牙牙學語的時期，自然也沒有所謂的童年時光，就算曾經因吃了香菇而變成孩童，卻還是保有三百歲的價值觀，所以算不上是童年時光。

縱使有別於世俗眼中的生日，但以我的情況而言，在梅嘉梅加神將我以這副模樣轉生來這裡的那天，應該就算是我的生日吧。

不過那天是幾月幾日？

畢竟在我轉生的那天，我可從沒想過「今天是我的生日」這種事情……

「呃～～其實我也忘記確切的日期了。雖然有料到會變成這樣……」

能看見跟在法露法身後的夏露夏正在寫筆記。

「這樣呀～如果可以的話，還是希望能給個日期～因為法露法對這件事很好奇喔～」

根據夏露夏的表情似乎已無法稱之為好奇，此刻的她一臉煩惱地停筆了。

「沒有紀錄就無法透過歷史學來陳述事實……一旦在臆測上追加更多臆測，事實將會遭時間的薄紗徹底遮蔽住……」

夏露夏，妳煩惱的事情也太宏大了吧……

「亞梓莎，妳再仔細回想看看，好歹會記得自己是何時發芽的吧？」

「桑朵菈，妳的措辭有些不太適宜喔。」

話說植物的誕生是從發芽算起嗎？不過想想也對，畢竟種子就跟蛋沒兩樣。

感覺情況變得有點複雜，此事就先到此打住吧。

至少能肯定女兒們想確認我的生日是哪一天。

「那麼，等媽媽我晾完衣服就來決定生日的日期吧。不管怎麼說，還是能夠將範圍縮小到某幾天。」

「媽媽，妳這樣會令人很頭疼的。」

夏露夏搖了搖頭。

「以歷史學而言，事件的日期出現誤差就會影響因果關係，而且有不少情況會因此大幅改變事件所代表的含意。更何況像這樣隨便決定代表一個人過去的日期也很奇怪，說到底簡直就與虛構無異。」

「自行決定生日是哪天一事竟然被否定了!?」

話雖如此，我也並非無法理解夏露夏想表達的意思。

後來才將某天訂為生日，嚴格說來這不是真的生日，而是被當成生日的日子。真要說來，不難猜出女兒們為何想知道我的生日是哪一天。

——肯定是因為她們想幫我慶生。

不如說是只有基於這個理由，才會向對方打聽生日是哪天。除此之外，大概就只有寫書的作者才會需要知道吧。

「如果可以的話，希望能根據更準確的資料來決定。若有第一手資料會更好。」

「第一手資料啊……」

在前世裡會登記戶籍，這種事只要前往區公所即可查到……區公所嗎？

「弗拉塔村或許會有資料也說不定。」

我可是在弗拉塔村附近住了三百年，在世人知曉我滿等之前就已受到村民們禮遇。畢竟我也會為了村民們製作各種藥品。

「剛好名為悠芙芙的妖精中午會來家裡，妳可以趁著上午出門買東西。」

桑朵菈如此說著。沒錯，我收到通知說悠芙芙媽媽會在今天來這裡玩。

至於通知我的人便是松樹妖精蜜絲姜媞。

蜜絲姜媞跑來問我說「悠芙芙小姐說她這天會來拜訪，不知妳們是否方便？」。按照她的解釋，妖精之間會互相聯繫。

聽起來就像是鄰居之中，唯獨某戶人家有安裝電話的年代才會出現的對話。當然我從沒經歷過那種年代，所以僅是一知半解。

「那我加快腳步趕緊把衣服晾完吧。」

「法露法也來幫忙～！」

「夏露夏也是。」

於是我們很快就晾好衣服，然後前往弗拉塔村。

◇

我們來到村裡的區公所。此處嚴格說來是村里辦事處，不過我習慣稱之為區公所。

村長剛好就在裡頭。

「喔～亞梓莎大人，您今天帶著孩子們一起來村裡呀。」

「不好意思，我是來打聽一件不太重要的小事情——請問我的生日是哪一天？其實是女兒們想知道這件事，偏偏我已經不太記得了……」

因為這問題算是有點特殊，害我不自覺地解釋起原由。

原因是只說我想知道自己的生日日期，莫名給人一種很自戀的感覺。

「喔～～您的生日日期嗎？查閱由村民們編撰的《弗拉塔村足跡》這本書，應該就會有答案了。」

喔～村民們有製作這類文獻呀。沒想到這村子還滿注重這些事情耶。

村長說他去拿書便暫時離開，接著抱了一本厚重的書籍走回來。這很可能就是剛剛提到的那本書。

於是我開始翻閱內容。

結果裡面出現一幅將我美化到看起來十分聖潔的插畫。

該頁上方寫著「關於偉大的高原魔女亞梓莎大人的紀錄」這行字。

「這、這是什麼!?我從來沒聽人提過這件事喔！」

「這本書在我就任村長以前便已存在，恐怕是前人擔心經常去打擾偉大的高原魔女大人您會太失禮，於是就自行統整成紀錄。」

等等，擅自把這種事撰寫成書才更不妥吧……不過這世界並不存在所謂的個資法，所以我也阻止不了囉……？

夏露夏迅速移動至書本前，大概是想率先閱讀書裡的內容吧。

「這裡有記述說**『以下內容是根據公會紀錄編修而成。在高原魔女大人誕生的那天，只見一道光劃破長久以來烏雲密布的天空』**。」

「這很明顯就是瞎掰的吧！」

我絕對不是以這種方式來到這個世界！如果真以這種方式轉生，我肯定會畢生難忘！

「後面寫說**『村民們見此異象後，堅信會有莫大的幸福降臨於村中』**。」

「這也太誇張了吧！」

沒有預知能力的人寫下這種話就太奇怪了吧。

「話說有寫到生日是哪一天嗎……？」

縱使我的出現方式再奇怪，只要有提到生日是哪一天就行了。

「裡面提到**『大家認為是五月七日、五月八日、五月九日、五月十日、五月十一日、五月十二日、五月十三日、五月十四日、五月十五日、五月十六日、五月十七日、五月十八日、五月十九日以及五月二十日這十四天內的其中一天』**。」

「所以只知道範圍落在這兩週之內嘛！」

終究還是搞不清楚最關鍵的生日日期……

「但依然有所進展，至少可以肯定是五月的某一天。」

「嗯，這部分我好歹也知道。」

我也有印象應該是五月裡的其中一天。

因為我轉生後就立刻來弗拉塔村好幾次，還記得民眾屋內的月曆是翻到五月那頁。

「咦，這本書有提到是根據公會的紀錄來撰寫，表示公會紀錄裡寫有我的生日囉？」

「書裡說**『其實公會在整理資料時不慎遺失紀錄，無法拿來當作參考，所以是根據看過紀錄的職員轉述的內容』**。」

「可信度一口氣大打折扣！」

「傷腦筋，眼下沒有第一手資料。畢竟職員有可能記錯，說不定公會裡也未必留有紀錄。」

瞭解歷史學的夏露夏提出自己的見解。

「夏露夏說得很有道理……這下就不能輕信書中的內容了。重點是像這種宛如神蹟般的誕生方式一定是瞎掰的。」

「偉人的誕生方式往往會被刻意誇飾，這表示媽媽妳已被視為偉人，因此可以感到自豪喔。」

「不不不，相信法露法和夏露夏也不想看見媽媽我得意忘形吧？」

「法露法確實不希望媽咪變得跟從前不一樣。」
嗯，一旦父母性情大變，就只會令兒女們非常困擾。
基於此因，最終沒能在《**弗拉塔村足跡**》裡找到有用的線索。
「既然如此，就把我的生日訂在五月裡的某一天如何？至少我能肯定是五月沒錯。」
夏露夏搖頭以對。
「範圍還是太廣了，而且或許有其他人知道媽媽的生日也不一定。」
夏露夏對於這方面相當堅持。
「法露法有個好主意喔～♪」
法露法邊跳邊舉手發言。
「是嗎？姊姊有什麼好主意？」
**「感覺梅嘉梅加神應該會知道喔～！畢竟她與媽媽很要好呀！」**
對耶！
直接去詢問讓我轉生的當事人，相信沒有比這個更確實的方法了！

我們離開區公所，前往祭祀梅嘉梅加神的神殿。

儘管這裡原本是蜜絲姜媞神殿，不過她的神像目前被供奉在角落。看來無論是神明或妖精，終究都屬於比拚人氣的一種行業。

當我們一抵達神殿時，梅嘉梅加神這次很正常地現身了。

「哈囉哈囉～想想我們最近還滿常碰面的呢～」

法露法以代表之姿詢問說想知道我的生日是哪一天。

「原來是這麼一回事呀～麻煩妳們稍待片刻喔～」

梅嘉梅加神從神殿內的棚架上拿出某個東西。

「哇～！這東西好漂亮喔～！」

那是一顆稜稜角角、能讓人一手握住的石頭。

「對呀，這是一顆切割成二十面的石頭，每一面分別刻有1到20的數字。」

剛聽完解說，我就有股不祥的預感……

梅嘉梅加神把這顆二十面骰擲出去。

「啊、我擲出的數字是10，所以亞梓莎小姐的生日是五月十日！」

「麻煩妳別以TRPG創角的方式來決定這種事！」

再怎麼說也太隨便了，而且再隨便也該有所限度。

「咦～但我哪可能會記得每一個人的生日，別看我這樣，其實也挺忙碌的喔。」

雖說有可能是梅嘉梅加神的個性太馬虎，不過對於神明而言，理應也不會把區區凡人是在哪天轉生這種事記在心上。

「而且我可是同時掌管好幾個世界，曆法會隨著各個世界有所不同，我自然是記不得喔。像是魔族與人族使用的曆法就不一樣。除此之外還有其他種族也都會使用自己專屬的曆法喔～」

「這麼說也對……」

光是地球在中世紀當時，世界各地就會使用截然不同的曆法。最廣為人知的就是陰曆跟陽曆，另外還有馬雅曆等等。

要是還得管理好幾個世界的話，要求對方隨時注意日期根本是強人所難……

「吶，女神大人～妳這邊沒有留存媽咪出生的紀錄嗎？」

法露法仍不死心。的確只要留有紀錄，就可以從裡頭找到了。

「基於保護個資的緣故，我這邊都沒有留存喔～」

這個迷糊女神唯獨在奇怪的地方就會特別注重！

「但這件事不能怪我，只能怪你們人類自己沒有乖乖留存紀錄。」

既然貴為神明就別怕事到只想撇清責任啦。

「嗯～～這下子幾乎等於進入死胡同了。」

因為一直以來我都不太在意自己的生日是哪一天，所以對於這個結果並沒有受到多少打擊，不過夏露夏顯得非常失落。

就像是很睏似地低下頭去。

「明明都使出向神明請教答案的最終手段，但就連媽媽的生日日期都無法搞清楚……令人不禁感受到歷史學的極限……」

「不難過喔，至少我們已經知道是在五月的某一天，有成功縮小範圍，所以不算是毫無意義喔。」

我將手搭在夏露夏的肩膀上。

只要有在能力範圍內全力以赴就已經足夠了。

「沒錯，夏露夏，快打起精神來吧。不管是植物或動物在能力上都有所極限，只需盡力而為即可。」

大概是桑朵菈也頗有年紀，於是她溫柔地安慰著夏露夏。

「按照一般常識，發芽時都會挑選氣候比較溫暖的時期，因此我認為五月是滿合理的答案。」

「拜託別再以發芽來形容我的誕生。」

梅嘉梅加神拿出不同形狀的骰子。

「只要使用這顆十二面骰就可以決定月分囉。」
「麻煩妳別再來添亂好嗎!?」

◇

在踏上歸途的期間，我決定好自己的生日日期了。

**「我認為最有可能是生日的日子——就是五月十七日，那就決定是這天吧！」**

印象中，我轉生後前往弗拉塔村是落於下半個月裡。

當時的我還沒被村民尊稱為高原魔女，更別提自己因為滿等而十分強悍，自然也就不會有人將我的事情記錄下來。以上便是現階段能掌握到的所有線索。

「好吧，就決定是五月十七日。」

夏露夏點頭同意。

「嗯！媽咪的生日是五月十七日～！十七日……十七日！」

法露法不停重複說著我的生日日期。

「還有一個月左右的時間。這樣應該來得及吧。」

桑朵莅說得一副會在我生日那天籌備些什麼。

抱歉，因為我的聽力還不錯，所以全聽見了。

這下子可以肯定女兒們正在思考要如何幫我慶生。

既然她們會選在這個時間點來向我打聽，表示夏露夏也有掌握到我的生日是落於五月某日的線索。恐怕是弗拉塔村裡存在著高原魔女於五月現身的傳說也說不定。

不過女兒們之所以想在今天確認我的生日日期，其實存在著我意想不到的理由。

我們返家後，從廚房飄來一股美味的香氣。

「哎呀，歡迎回來。我正在做午飯，妳們再稍等一下喔。」

廚房裡走出一位穿著圍裙的妖精——悠芙芙媽媽。

「媽媽！果然悠芙芙媽媽就是媽媽！」

「呵呵呵～今天是吃雞肉和蔬菜都燉得很軟爛的蔬菜濃湯，另外因為有買到白米——所以這次就嘗試做做看飯糰喔～」

完全就是媽媽會做的家常菜！

一段時間後，悠芙芙媽媽把料理端上桌。

其中最吸睛的就是飯糰。

而且都是捏成三角形。

儘管只要用手捏製就能做出飯糰，不過此料理在這個異世界裡是極為罕見。
我抓起一顆放入口中。
「啊、這是如假包換的鹽味飯糰，吃起來真的很有家鄉味……」
我腦中浮現出悠芙芙媽媽的臉龐。
話雖如此，她目前就在和我們同桌用餐。
「太好了～先前我去拜訪梅嘉梅加神時，她說自己做這道料理招待妳之後，妳似乎感到很懷念喔～」
「啊～原來梅嘉梅加神也有參一腳呀。」
就想說這樣的偶然也太碰巧了。
若是不瞭解我的前世，原則上不可能會想到要製作飯糰。儘管悠芙芙媽媽是妖精，飲食方面可能跟人類不太一樣，但基本上是屬於以麵包為主食的生活型態，就像弗拉塔村同樣是把麵包當作主食。
縱使偶爾會吃米飯，卻不太會聯想到可以製作飯糰。
「飯糰就是簡單才好～明明調味就只有鹽巴，反倒能令人產生一種安心感喔～」
我感慨地吃著飯糰。
想想很久沒有體驗到如此安心的感覺了。
雖然梅嘉梅加神的個性算是相當馬虎，但偶爾還是會做點好事。

儘管這句話並不適合用來形容神明，不過她的確是個好人。

可是——

並非所有人都那麼喜歡吃飯糰。

即便眾人之中唯有我很懷念吃飯糰，遺憾的是問題並非出在這裡。

當然也不是因為有家人吃不慣米飯而感到排斥。

法露法和夏露夏露出不知該如何反應的表情。

確切而言是臉上寫著沒想到會出現這種情況。

至於兩位龍族少女則是一如往常那樣，毫不在意地大口吃著鮮少有機會嘗到的飯類料理。

「像這樣盡情吃飯也是個不錯的體驗，莫名能振奮精神。」

「雖然嚼起來黏黏的，但越吃越不會放在心上，芙拉托緹還可以再吃十五顆。」

她們品嘗米飯的模樣，比以往看起來更像是參加運動社團的女孩子。

吃完午餐後，由我負責清洗碗盤。

畢竟都麻煩悠芙芙媽媽幫忙準備午飯，再讓她洗碗就太令人過意不去了，畢竟媽媽今天是來高原之家作客。

但換作是別西卜那種三番兩頭就找上門的訪客，情況就得另當別論……

悠芙芙媽媽現在正坐在飯廳裡和萊卡以及羅莎莉聊天——

「那我就去參觀一下亞梓莎妳女兒們的房間囉。」

語畢，悠芙芙媽媽朝著走廊走去。

老實說，我總覺得哪裡不太對勁。

因為我剛好洗完餐具，於是也來到走廊上。

沿著走廊前進，自然也會經過女兒們的房間門口。

嗯，不錯喔，我並沒有做出任何突兀的舉動。

「——所以呀，希望悠芙芙小姐也能來幫忙。」

這是法露法的聲音。

「我們已經掌握媽媽的生日是哪一天了，希望那天能做出最棒的料理給媽媽吃。」

這次是夏露夏的聲音。

這下完全能肯定了，女兒們果真想幫我慶生！

她們之所以趁著悠芙芙媽媽來訪的這天確認我生日的日期——

是為了向悠芙芙媽媽請教關於料理的事情。

即便家人之中不乏會做菜的人，不過請她們幫忙很容易被我發現，外加上我已經吃過萊卡跟哈爾卡拉所有會做的料理，菜色變化上很容易會落在我已知的範圍內。

基於此因，女兒們才會決定向悠芙芙媽媽尋求建議。
「當然沒問題囉，為了給亞梓莎帶來驚喜，我會卯足全力協助妳們的～」
悠芙芙媽媽興高采烈地說著，因為音量偏大，我幾乎是聽得一清二楚。
「可是這下有點難辦了，大家也看到亞梓莎在吃那些稻穗時露出無比懷念的表情，想超越該料理頗有難度。」
完全能肯定這句話是出自桑朵菈之口……
「就是說呀～聽說鮮少有料理能超越老媽做的家鄉味喔～」
由於法露法是在五十歲左右才見到身為媽媽的我，因此聽她說出『老媽做的家鄉味』這句話，莫名給我帶來一股異樣感。
「所以夏露夏認為不如去尋找某種特別的食材，藉此打破眼前的瓶頸。」
嗯？總覺得整件事朝著詭異的方向發展下去……
「悠芙芙，妳知道什麼超稀有的食材嗎？我們這就去設法取來。」
事情的規模一口氣變得好龐大！
「嗯～我想想喔～聽說我的住處附近存在著一種名為『賢者蘋果』的神奇蘋果。」
居然出現一聽就很像是傳說中的食材！
「相傳吃下此蘋果的人，就可以一探此世界的奧祕喔～」
那是什麼!?已經不算是食材了吧！

「可是沒有大人陪同的話會很危險——」
「好的～！那就去尋找這個蘋果吧～！」
「夏露夏等人的實力絕非一般村民能夠比擬，完全有能力前往探索。」
「區區一顆蘋果，我只要請教當地植物三兩下就能找到了。」
怎麼辦……？女兒們準備前往危險的地方……
話雖如此，現在闖進去制止她們似乎也很不妥。
身為一名母親究竟該怎麼做才正確，著實令我傷透腦筋。

到頭來，我裝作若無其事的樣子返回飯廳。
「請問發生什麼事了嗎？亞梓莎大人……」不過萊卡立刻發現我有異狀並出聲關切。
「嗯，是碰到一些事情……我挺煩惱該如何是好……」
「主人，妳說很煩惱不知該如何是好，就跟想吃羊肉還是牛肉一樣嗎？」
現在至少能明白芙拉托緹的煩惱非常微不足道。
「這種時候最好的解決方式就是兩種都吃！」
完全是貪吃鬼才會有的想法！
「不對，既然大姊會這麼說，肯定是至關生死的問題。」

「羅莎莉妳想得又太嚴重，並沒有到那種程度。」

既然女兒們有受傷的風險，說穿了單就保護女兒們這點來說是非常簡單，只需不准她們前往就好。

問題是這麼做會害女兒們相當失望……

身為母親，我實在不想做出會害她們失望的選擇。

我坐在飯廳裡喝茶，同時感到有些疲憊。

這情況該怎麼做才正確……？好複雜，真的是好複雜……

一段時間後，悠芙芙媽媽回到飯廳內。

「吶，亞梓莎，我有話要跟妳說。」

悠芙芙媽媽稍稍歪過頭去地說著。而我已經猜到要說什麼了。

談話內容不出所料，正是女兒們決定前往「賢者蘋果」的生長地。

「她們顯得躍躍欲試，當下的氣氛讓我無法開口勸阻她們。為了以防萬一，才想說先跟身為母親的妳講一聲。」

「謝謝妳，悠芙芙媽媽。說得也是，這情況對悠芙芙媽媽而言同樣是不好處理。」

畢竟法露法她們打算前往危險的地方，悠芙芙媽媽也不便幫忙保密。

就算悠芙芙媽媽禁止女兒們前往，偏偏她們已得知蘋果的存在，十之八九還是會跑去那裡。

如此一來，除了告訴我以外別無他法。

「接下來就交給身為母親的我吧。反正只要設法讓女兒們的這趟冒險大功告成即可，如此一來也算是兩全其美。」

「亞梓莎，妳打算怎麼做呢？」

**「我就透過魔法讓自己隱身，悄悄跟在女兒們的身後提供協助！」**

主要是想親眼看看為了我出外冒險的女兒們！

「單純想成功達成此事的難度很高，但只要克服難關順利取得食材，女兒們跟我都會很開心，可說是達到雙贏的局面！」

「對耶～我也支持妳的想法喔～♪」

悠芙芙媽媽將雙手緊握於胸前表示同意。真不愧是媽媽，完全能體會身為母親的心情。

另一方面，在一旁聽見這段對話的羅莎莉露出莫名傻眼的表情。

「大姊妳就是有著傻媽媽的一面……」

「我願意將妳這句話當成讚美！」

「只要有亞梓莎妳的協助，我相信不會有問題的。即便前往該處是有些麻煩，但不至於會危及性命。」

要是那裡非常危險的話，悠芙芙媽媽肯定會幫忙勸阻的。

於是乎，我決定暗中保護為了幫我慶生而出外尋找食材的女兒們。

總覺得這句話還頗拗口的……

◇

時間來到五月的某一天。

三位女兒乘著萊卡前往悠芙芙媽媽的住處。

法露法給出的說法是——

「我們要去找悠芙芙小姐玩♪」

不過三人明顯是全副武裝，甚至還攜帶能當成武器的短刀。

如果這裡是日本，在見到自家孩子帶著短刀出門遊玩，身為父母絕對會擔心孩子是不是學壞了，可是她們三人並非準備前去與其他不良集團開戰，因此這部分大可放心。

另一方面，我乘著芙拉托緹跟在後面。

「既然是一起出門，人家好想與萊卡較量誰飛得比較快。」
「不行，妳這麼做會害我們立刻暴露行蹤。」
想當然耳，我們尾隨在距離萊卡很遠的後方。
「啊～好想一口氣迎頭趕上萊卡喔。」
「這樣會被她們發現的，所以妳千萬不要付諸實行喔。」
芙拉托緹乖乖遵照我的指示，並未加速追上萊卡，最終順利抵達悠芙芙媽媽的住處附近。
在來到悠芙芙媽媽家附近之後，我便施展隱身魔法。
跟來的芙拉托緹同樣變成透明人。此魔法並非局限於個人，而是同伴們也會一同獲得效果。
女兒們剛好在悠芙芙媽媽的家門前換上冒險用裝備。
其中最罕見的部分，就是桑朵菈換上一套類似皮甲的防具。
「那麼～大家都準備好了嗎～？」
「好了～♪」「準備完畢。」「我也好了。話說這裡有許多蕨類植物，我們快走吧。」
三人紛紛回應悠芙芙媽媽的話語。
「那我就帶妳們前往生長『賢者蘋果』的森林囉。」

悠芙芙媽媽帶頭走在最前面。

三名女兒尾隨其後。

施展隱身魔法的我與芙拉托緹則是跟在最後面。

一旦陷入危險的情況就由我負責擺平。

比如說她們即將碰上魔物，我就提前過去處理。

需要我提供協助的事情大概就只有這個吧。

前進約莫一個小時，一座位於深邃溪谷底下的茂密叢林出現在眼前。

「這裡被稱為瀑布下的森林，『賢者蘋果』就生長在此處。因為想抵達這裡相當不容易，所以它又被稱為夢幻蘋果。」

確實光是前往悠芙芙媽媽的住處就相當麻煩。

「附近沒有棲息什麼殘暴的魔物，但這裡的地面非常溼滑，行進時要當心喔。」

「好～！我們不會勉強自己，途中會安插適度的休息，以既安心又安全的方式前進！」

「這趟旅行的口號就是安全第一。」

對了，夏露夏戴在頭上的頭盔就寫有這四個字，簡直就像是工地用的安全帽……

「以階級而言，蕨類植物都在我之下，因此完全不值一提。而這就是水準上的差距。」

我對植物之間的上下關係並不清楚，總之桑朵菈也要注意安全喔。

「那我就先回去囉，妳們務必記得在日落前回到我家，如果沒有遵守約定，我就會聯絡亞梓莎來帶妳們回去喔。」

悠芙芙媽媽再次交代注意事項。

話雖如此，我早就在這裡了。

「那麼，人家就先回到悠芙芙家中，和萊卡一起喝茶待命囉。」

悠芙芙媽媽朝著我們這邊稍微揮了揮手。儘管我們已經隱身，但她有發現我們就跟在後面。

「啊～嗯，記得幫我跟萊卡打聲招呼。」

女兒們已經出發了。

好，那我也該動身了。

儘管這片叢林略顯昏暗，不過動物沒那麼多，看起來是個滿適合讓人來探險的地方，小朋友來這裡應該能玩得很盡興。

「與法露法等人住的森林挺不一樣呢～」

「這裡溼度很高，多處路面都相當溼滑，務必要當心。」

「根據苔癬的說法，蘋果就長在水源較為充足的森林深處。」

難不成只要有桑朵菈陪同，就能立刻掌握到蘋果的位置了……？

既然如此，似乎不必擔心會迷路了，整體難度大幅下降。

不不不，就算不會迷路也不代表沒有危險，而且植物有可能不知道通往悠芙芙媽媽家的路要怎麼走，所以我不能放鬆警戒。

就在這時，法露法猛然回過頭來。

這舉動把我嚇了一大跳。

她理應看不見我才對。

「姊姊，發生什麼事了嗎？」

「總覺得後方傳來奇怪的腳步聲，但好像是人家聽錯了。」

法露法的聽覺真敏銳耶……

步行一段時間後，前方出現一座橫跨河川的橋梁。

但因為溼氣太重，支撐橋梁的繩索已經腐朽。

「那座橋看起來很不穩，我們最好用繩子綁住彼此的身體。」

「嗯，就交由擅長打繩結的法露法來綁吧～」

女兒們使用類似野地求生的技巧來應對眼下狀況。法露法帶頭小心地通過橋梁，然後依序是夏露夏跟桑朵菈。

喔喔～！她們表現得真好！

我拚命按捺住想拍手的衝動。

女兒們比我想像中更謹慎地採取行動。

若是席羅娜看見這一幕，或許會稱讚她們都是合格的冒險者呢。不過席羅娜非常疼愛這三位妹妹，感覺無論她們怎麼做都會大力讚揚。

當我準備過橋時卻碰上一個問題。

橋梁前寫有這麼一段警告標語。

**危險！**

這座橋已嚴重受損！請盡量避免通行！若是體重超過十四歲的人族孩童請勿過橋！

這是哪門子的警告標語……

老實說我是可以使用空中飄浮魔法渡河，或是涉水再沿著河岸爬上去就好——不過這標語簡直像是在挑釁，因此我決定直接走過橋梁。

我擁有十七歲左右的外表，即便反對過瘦，但也沒有吃得多胖，按理來說可以通過這座橋才對！

於是我邁出第一步。

滋滋滋……

伴隨一陣不妙的聲響，橋當場垮了！

呃！

我連忙高高跳起，就這麼抵達對岸。

幸好我的體能很好……換作是一般十七歲的女生肯定會跌進河裡。

女兒們同時扭頭望向橋梁這邊。

糟糕！被她們發現了嗎……？

「橋梁似乎達到極限了，真是千鈞一髮呢。」

太好了，她們只以為橋梁是因老化而垮掉。

「剛剛走起來並不覺得會馬上垮掉，搞不好是有頭野豬走在上面，因負荷不了就連橋帶豬都摔進河裡吧？」

桑朵菈！妳太失禮囉！我才沒那麼重呢！純粹是橋梁年久失修才崩塌的！

雖然很想反駁，但我自然是不能這麼做。

「回程時就不能走這座橋了，不過大家放心！法露法有攜帶繩子和鎖鏈，可以用這些東西來渡河。」

結果我反而害女兒們的冒險難度提高了……

我這個母親簡直是來添亂的。不不不，多虧我弄垮這座早就快壞掉的橋梁，才能夠阻止女兒們在回程走上這座橋時或許會遭遇的危險。沒錯，就當作是這樣吧。

前進約莫十五分鐘，能看見前方有巨大的岩石。

並非一顆岩石落在那裡，而是好幾顆岩石堵住去路。

假如這地方更方便通行，很可能會成為觀光景點，不過眼下情形是想前進就得費上一番工夫。

「苔癬說——鑽過岩石的縫隙前進就好。」

「也對，直接爬過這些岩石是滿累人的。」

「一旁放有以前來到這裡的冒險者們所留下的警語，因此應該是這個方向沒錯。」

儘管乍看之下有點危險，不過似乎已有很長一段時間沒發生坍方，所以應該不要緊才對。

當走在最後面的桑朵菈也鑽進岩石的縫隙之後，我便追了上去。為了暗中保護女兒們，我不能離她們太遠。

話雖如此，旁邊又放了一面看了就令人火大的警告標語。

**危險！**

此處岩石的縫隙很窄！除了身材十分苗條的成年人或孩童以外，其他人很可能會卡在裡面！請身穿金屬防具的冒險者或成年人不要單獨進入！

……嗯，我屬於「身材十分苗條的成年人」，那就應該沒問題了。就算我沒有刻意減肥，終歸是屬於纖瘦的體態，所以肯定不要緊的。

我暢行無阻地穿梭於岩石的縫隙之間。

途中有沿著隙縫往下走的路段。反正我有掌握好距離，前方也能看見亮光，或許這裡算得上是個洞窟吧。
可是此刻我卻碰上突發狀況。
我的身體卡住了。
咦！怎麼會這樣？就算以客觀的角度來審視，我的身材仍算是苗條吧！既然連我都無法通過，就該寫成除了孩童以外禁止進入啊！
我在岩石的縫隙間掙扎著。
或許只是衣服碰巧被夾住，這樣的話就不算是卡住了！
桑朵菈忽然扭頭看向我這邊。
於是我立刻停下動作。
「總覺得好像有猴子卡在縫隙間正拚死掙扎，但我什麼都沒看見。」
桑朵菈再次說出十分冒犯人的誤解。
「這地方會有猴子嗎？」
「既然有蘋果樹，也就有可能會出現猴子。」
我還是暫時別亂動吧……假如把她們吸引過來就糟了。
等到再也看不見桑朵菈之後，我再度用力掙扎——

最終是稍微捶碎岩石才得以脫困。

「我、我沒有做錯什麼……這裡根本是除了孩童以外的人幾乎都會卡住，因此得怪岩石不好，要不然就是警語的錯。」

難道這座森林不易探索是因為這個緣故嗎？

比方說這裡是只要沿著岩石的縫隙前進就能輕鬆前進，但換作是爬過這堆岩石就會非常辛苦。對於無法藉由魔法飄浮於空中的冒險者而言，完完全全就是得要挑戰攀岩了。

換言之，女兒們可以輕鬆通過這裡。

現階段女兒們都沒有陷入苦戰，甚至並未遭遇魔物。

反而只有我吃盡苦頭……

總之我繼續偷偷跟在女兒們的身後。

「一路上都沒看見蘋果耶～」

「畢竟這世間即使付出代價依舊難以獲得回報，可說是莫可奈何的事情。而且為了幫媽媽慶生，只要能找到蘋果的話，這點程度的辛勞也算是值得了。」

啊、她們提到我了。

但我集中更多精力在避免暴露行蹤上。

「沒錯，畢竟亞梓莎是個與妖精、神明以及惡靈成為朋友的人，太常見的東西無法給她帶來驚喜。」

桑朵菈點頭同意。

其實不必為我帶來驚喜，光是女兒們願意幫我慶生就非常令人開心囉。

話雖如此，相信女兒們對此也是再清楚不過。

**「雖然媽咪是無論收到什麼禮物都會很高興，但也因為這樣，我們就找個前所未見的東西來送給媽咪吧！」**

帶頭的法露法揮舞著雙手邊說邊前進。

嗯，想想也是。

畢竟我以一名母親而言算是相當特殊，才會讓女兒們在幫我慶生時感到相當頭疼。

原因是別西卜經常帶一些普通人幾乎沒見過的魔族特產送給我們，有時也會前往遠方品嘗在地料理。

導致我比起尋常父母很不容易感受到驚喜。

而且幫人慶生時，想帶給對方驚喜是人之常情。

像我替女兒們準備生日禮物時，也會想為她們帶來驚喜。
基於此因，女兒們想來這座森林也是無可厚非。
就算可能會遭遇危險，但只要身為監護人的我好好照看她們即可。

女兒們在這之後有安排一段休息時間，並確實朝著目的地前進——
最後終於抵達樹上結滿蘋果的區域。
這真是一棵枝繁葉茂的蘋果樹，結在樹上的蘋果也看起來十分可口！
可是最終的難關就阻擋在三人面前。
有一頭大型魔物位於蘋果樹前。
「夏露夏，那頭魔物是比西摩斯嗎？」
夏露夏點頭肯定法露法的提問。
「沒錯，它叫做溼地比西摩斯，一如其名很喜歡潮溼的地方。」
單就體型足以媲美大象。
要是被它襲擊的話，即便是堂堂冒險者也可能會陷入苦戰。
比西摩斯同樣很快就注意到女兒們。
並且發出「吼——！」的威嚇聲。
我擺出戰鬥架勢。

一旦苗頭不對，我就會立刻衝上前去保護女兒們。

老實說，我是希望能在女兒們渾然不覺的情況下擺平魔物。

可是——

有別於從背後偷偷接近的魔物，比西摩斯是站在她們的面前，假如比西摩斯突然昏倒，三人肯定會起疑心。

雖說可以在混戰期間趁亂出手，但問題是這裡只有一頭比西摩斯，如果牠在無人出手的情況下遭受攻擊，將會不自然到過於明顯。

要是女兒們能大喊「媽媽救命啊！」的話，我也無須如此糾結了。

沒辦法了，女兒們的安全才最為重要，避免被她們發現我跟來這裡根本是不值一提的小事。

不過女兒們的反應徹底出乎我的意料之外。

「夏露夏，桑朵菈，我們上！」

在法露法的號令之下，夏露夏和桑朵菈迅速地各就各位。

她們很明顯是準備迎戰對手。

下個瞬間，桑朵菈便潛入地面。

「幸好土壤很軟，讓我能輕鬆鑽進地底。」

桑朵菈鑽入地面，直接繞到比西摩斯的背後。

接著伸出藤蔓般的東西綁住比西摩斯！

可是桑朵菈沒有力氣拉倒對手，接下來打算怎麼做？

但這點小事不成問題。

比西摩斯被藤蔓吸引注意，於是將目光對準桑朵菈。

夏露夏馬上射出一箭。

「一擊必中！」

箭矢刺入比西摩斯的身體。

「吼吼吼吼吼吼——！」比西摩斯似乎因疼痛而大吼，同時用力扭動身體。

「嘿咻！」

這次是法露法揮舞短刀刺向對手。

她見攻擊得手便隨即拉開距離。打帶跑屬於基本戰術，法露法也明白這個道理。

「第二箭同樣是必定命中。」

夏露夏再次放箭，準確射中比西摩斯。

儘管比西摩斯想反擊，卻被纏住腳的藤蔓妨礙行動。

「我是使用帶刺的特殊藤蔓，自然更難以掙脫。」

「現在是大好機會！」「忠實按照兵法來行動。」

繞到比西摩斯背後的法露法和夏露夏再度發動攻擊。

好厲害……

她們截至目前都互相配合得非常好。

我不由得看呆了。

至少沒有出現任何危急的狀況。

明眼人一看都知道是比西摩斯居於下風，完全不需要其他人出手幫忙。

原來如此。

我在心中點頭肯定三人的表現，並且為了以防萬一，將視線一直鎖定在比西摩斯身上。

女兒們都有以自己的方式成長茁壯。

也有可能是在遇見我之前就這麼可靠了。

如今回想起來，會有這樣的結果也是理所當然。法露法與夏露夏從來沒有虛度光陰，在兩人擅長的領域中甚至比我傑出許多。至於桑朵菈，她現在是越來越用功了。

她們在運動方面也都可圈可點。

雖然因為還小的關係，耐力部分稍嫌不足，但三人在途中都有安排休息時間，藉此解決體力耗損的問題。

女兒們制定好對策才迎向這場挑戰。

沒想到我能在這種情況之下見證她們的成長。

想想這樣是再正常不過，至今我只見到女兒們的其中一面。就算身為母親，也不可能有辦法看清楚女兒的一切。

比西摩斯發出如悲鳴般的叫聲，最終就這麼逃之夭夭。

「好耶～！我們贏了～！」

「大獲全勝，讓人不禁想發出歡呼。」

「別以為我是植物就可以瞧扁囉。」

做得好！她們表現得真棒！

我不由得抬起雙手大力鼓掌。

但我很快就想起不能拍手——於是立刻停下動作。

「總覺得好像有聽見類似拍手的清脆聲響。」

「森林裡怎麼可能會出現那種聲音嘛～大不了就只有鳥叫聲喔。」

太好了……幸好沒穿幫……我居然一不小心差點自曝行蹤……

於是乎，女兒們成功取得名字十分氣派的「賢者蘋果」。
因為我之前不慎弄斷橋梁，導致她們比起去程多花一點時間才成功渡河——
之後就這麼安然無恙地返回悠芙芙媽媽的家中。
另外雖然對芙拉托緹有點不好意思，但只能請她先暫時躲起來。
「歡迎回來！妳們做得很棒喔～！」
悠芙芙媽媽逐一把三人摟進懷裡表揚。
維持隱身狀態的我忍不住有些吃味。
我……我……我也好想抱一抱自己的女兒們！

◇

時間來到五月十七日。
也是我的生日當天。
今日一早，我的房間響起敲門聲。
我打開房門，法露法、夏露夏以及桑朵菈這三名寶貝女兒就站在面前。

「早安，媽咪！妳快來飯廳看看！」
我任由法露法拉著自己的手來到飯廳，結果發現桌上放著一個蘋果派。
「媽媽，祝妳生日快樂。」
「妳要像杉樹那樣活到千年以上喔，區區三百年仍只算是剛出生的小雞而已。」
夏露夏和桑朵菈開口祝賀我。
我真沒料到她們會一大早為我製作蘋果派。
明明有看見她們取得蘋果，結果卻出乎我的意料，看來我的想像力還有待加強。
「謝謝，真的很謝謝妳們！」
我緊緊抱住女兒們。
雖說長久以來我都沒把自己的生日放在心上，不過能像這樣得到他人的祝福，我還是稍微多在意點吧。
「我真的好高興！下次換我來幫妳們慶生，妳們的生日是哪天呢？」
可是三人都露出困惑的表情。
「法露法不知道……」
「畢竟我們出生的地方沒有月曆。」
「其實植物不會那麼注意日期。」
這或許真是個很難回答的問題……

經過討論之後，最終決定將五月十七日也當作是女兒們的生日。
另外，「賢者蘋果」是一種甜味與酸味達到完美平衡，當真非常美味的蘋果。
真要說來，女兒們全心全意製作出來的蘋果派怎麼可能會難吃嘛。

當天下午，悠芙芙媽媽來拜訪我。
於是我和媽媽稍微在高原上散步。
「這真是太好了呢，亞梓莎。」
「嗯，收到女兒們送的禮物真的很棒，其實我不太有機會能碰到令自己如此開心的事情呢。」
悠芙芙媽媽緊緊握住我的手。
「我也很高興看見亞梓莎妳這麼開心。以妖精之姿活到現在，我也覺得自己鮮少感到如此高興呢。」
儘管頗令人難為情的，但我能夠理解悠芙芙媽媽的心情。
因為女兒們才剛幫我慶生完沒多久。
「亞梓莎，妳可要一直當我的女兒喔～」
「嗯，我會盡量找機會跟妳撒嬌的，媽媽。」

下次找個機會與媽媽兩人單獨去旅行應該也不錯。
悠芙芙媽媽看著正在外頭玩耍的法露法她們。
「為了可愛的孫女們，我也有許多想做的事呢～」
「孫女們……既然是我的女兒，的確可以這麼說呢……」
雖然悠芙芙媽媽看起來一點都不像是已有孫女的年紀，但希望她今後能健康且充滿活力地生活下去。

# 協助怪盜

由於這裡不同於前世的日本，毫無高樓大廈，因此有飛龍朝這裡接近能看得一清二楚。

等等，就算是前世，假如真有飛龍飛過山頭肯定也可以看見才對，畢竟高原上並不會蓋滿高樓大廈……

基於此因，這隻飛龍降落在剛買完東西準備回家的我面前。

想必是對方也從高空中發現我了。

「您好，亞梓莎小姐。」

首先從飛龍背上下來的人是法托菈。

「妳好，想想就算自己會飛，乘坐飛龍還是比較省時。」

大概是利維坦形態的移動效率欠佳，而且利維坦的飛行速度確實有點慢。

「是的，因為今天剛好有飛龍無人使用，所以才決定拿牠來當坐騎。關於今日來拜訪您一事，就由另外一人來為您解釋。」

接著從飛龍身上下來的人，便是頭戴眼鏡且下半身為蛇身的那伽族女性。

「好久不見，我是『古道具・一萬龍堂』的老闆，同時也是鑑定騎士團的成員索莉亞。」

這真是一位出乎意料的訪客。我也點頭回應對方。

「在鑑定仁丹的供品當時承蒙妳的照顧了。」

鑑定騎士團是隸屬於魔族的一支騎士團，可是他們對揮劍打仗等騎士會做的事情一竅不通，就像現在也完全沒攜帶武器。

所謂的鑑定騎士團是專門負責鑑定各式寶物跟古董的組織。根據之前的介紹，記得理由是他們屬於魔王的直屬部隊，才不得不冠上騎士團這個名稱。

這群人會以出差鑑定的名義巡迴世界各地，曾經來過弗拉塔村一次。

以那次的鑑定為契機，哈爾卡拉才決定經營博物館。

由於我們並沒有經常需要人來幫忙鑑定東西，因此不太有機會見到鑑定騎士團——

「既然妳來拜訪我，表示是在古董方面遭遇什麼麻煩嗎？」

「能迅速進入主題真是太好了。其實我的店收到這麼一封信。」

我收下信紙，發現寄件者很貼心地分別以魔族語言和人族語言寫下文章，另外這字跡莫名眼熟。

有情報指出您麾下的盧克斯達分店倉庫裡存放著馬可西亞不服輸侯爵的畫作，因此余預計於安采魔王買傘紀念日當天竊走該物。

※ 若有任何不便之處請透過以下方式來信聯絡。
范澤爾德城第八市區花崗岩石像鬼街與鷹匠街轉角之四層樓集合住宅的二樓第一個房間　凱荷茵收

怪盜凱荷茵筆

**「又是這個怪盜！」**

怪盜凱荷茵是一位四處行竊的黑暗精靈，但老實說她的手法與怪盜二字八竿子打不著，一點都不俐落。

另外馬可西亞不服輸侯爵其實是她的遠房親戚，而她行竊的目的只是為了銷毀與侯爵有關的物品，根本不是想偷來賣錢。

不過所謂的怪盜，並非為了賺錢而行竊好像也無所謂吧……？老實說我對怪盜這職業一知半解，自然什麼事都說不準。

順帶一提，這位怪盜很守信。

「居然還附上自己的住址……這種事好歹隱瞞一下咩。」

儘管我對魔族的法律不太清楚，可是如果有意讓凱荷茵被當地類似警察的執法人員逮捕的話，分明應該辦得到吧。

話說原來有精靈會定居在魔族的領地裡耶。難不成是基於身為怪盜的緣故，才無法待在人族的王國內嗎……？

法托菈表示「那個，若您不介意的話，我們可以邊走邊聊喔？」，我便接受提議帶兩人回到高原之家。老實說就算談完正事，我也應該略表地主之誼請她們喝茶。

「那個～雖然還沒聽完二位的來意，但我就先一步切入正題囉。妳們此番前來——是希望我幫忙保護倉庫的商品，別讓怪盜竊走對吧？」

儘管還剩下一個疑問是為何特地跑來委託我這種事情，不過索莉亞都特地展示預告信，應該就是這個意思了。

外加上索莉亞的主要工作是古董店的老闆。

就算沒有安排人手保護，憑凱荷茵的身手八成也無法得手……可是對一名古董店老闆而言，希望能確保萬無一失也是人之常情。

「嗯，您的猜測已相當接近答案，但還是稍有出入。」

由於索莉亞是下半身為蛇身的那伽族，因此以扭動身體的方式邊移動邊回答。
隨後又補上這句話。
「此次想請您協助的對象是另外一方。」
「另外一方？此話怎說？」
在我即將停下腳步之際，法托菈遞來另一封信。
我收下後閱讀內容。

高原魔女亞梓莎大人妳好，
余是在弗拉塔村當時承蒙妳許多幫助的怪盜凱荷茵，雖然敝人計畫前往盧克斯達分店的倉庫行竊，但無奈該倉庫的防守固若金湯，單憑余的能力難以實現目標，因此余有個不情之請，高原魔女亞梓莎大人能否助余一臂之力？至於報酬，余願意先支付十五萬柯努幣，不知這樣是否足夠？順帶一提，這封信是請與高原魔女大人有交情的魔族代爲轉交。

怪盜凱荷茵筆

**「竟然是怪盜想拜託我擔任護衛！」**

我的聲音響徹整片高原。

儘管高原魔女這個稱號算是小有名氣（非我所願），但至今未曾收過怪盜的求助信，正常來說是一輩子都不可能經歷過。

「基於此因……」

法托菈淡淡地說著。而且她想說什麼？

「要是您不嫌棄的話，可否請您接受委託？」

「先等一下，單看字面是拜託我協助犯罪吧？我並不想變成犯罪者！更何況被盯上的該店老闆就站在我的……面前……」

我越說越小聲，不由得將視線對準索莉亞。

如今回想起來，索莉亞出現在這裡就很不對勁了。

「這件事已徵得本店的同意，對我而言不成問題。」

「這我知道，要不然妳就不會出現在這裡了，可是妳為何會同意呢!?」

我完全想不透理由。

「此事說來話長，後續內容可以等到進屋後再聊嗎？」

也對，我們快到高原之家了。

既然說來話長，那就表示索莉亞跟怪盜凱荷茵之間，有著相當複雜的人際關係或是過往嗎？

古董店與怪盜，以上組合曾經發生過什麼事的確也不足為奇。
「我明白了，那我等等就洗耳恭聽囉……」
唯一能肯定的事情，就是即將有一個非常神祕的委託落到我頭上。

◇

我端出茶水招待二人，做好聽人解說的準備之後，索莉亞便說：
「這位怪盜預定行竊的地點，是盧克斯達分店的倉庫，與范澤爾德市區的本店相隔一段距離。」
既然她都能夠加入鑑定騎士團，事業理應大到有分店吧。
「因為倉庫需要定期打掃，所以——」
「所以？」我重複最後兩個字。
「——我打算讓怪盜來幫忙打掃。」
嗯……？這個答案真是令人始料未及耶。
「那個～請問妳與怪盜不是宿敵那類的關係嗎？」

「我和她素不相識。」

所以就只是希望怪盜來幫忙打掃倉庫嗎!?

「附帶一提，當我把清理倉庫的契約書參照地址寄去以後，怪盜便將簽好名字的契約寄回來給我，因此這是屬於正式簽約的委託。」

如此一來，凱荷茵就只是被聘來的清潔人員嘛！

「但怪盜終歸是小偷，即使當事者同意幫忙打掃，仍難保對方會順便竊走各種東西，最終害妳承蒙嚴重的損失喔。」

「這位怪盜就只會竊走與馬可西亞不服輸侯爵相關的廉價遺物。」

索莉亞彷彿理所當然般地說出這句話。

想想也是……這位怪盜只是介意一族之恥的遺物流落在外，想通通回收來自己保管而已。

「若將馬可西亞不服輸侯爵的遺物當作完成清掃的報酬，對我來說毫不吃虧。」

「即使妳說是完成清掃的報酬，終究無人能肯定怪盜會乖乖拿起掃把幫忙打掃喔。」

雖說怪盜毫無犯罪的念頭，不過這間古董店同樣太缺乏警覺了。

不，凱荷茵八成會幫忙打掃……誰叫她很守信……

「不是的，該倉庫裡有著比髒汙更棘手的東西，此次打掃就是包含那些東西在內。」

索莉亞慢條斯理地啜了一口茶。話說她的一舉一動都相當優雅。

「其實那座倉庫會出現名為寶箱怪的魔物。」

「寶箱怪!?」

我聽過這東西。

它會冒充成寶箱，只要蓋子被打開就會趁機襲擊人。

「寶箱怪很容易出沒在存放各種古董的倉庫裡。啊，它們近來鮮少出現於人族國度，所以妳們經營的博物館沒有這類疑慮。」

太好了，要是哈爾卡拉去整理博物館時遭到襲擊的話，後果將會不堪設想。

「因為該倉庫鮮少有人進入，同時是個相當難前往的地方，外加上裡頭長出太多寶箱怪，所以必須減少一定程度的數量才行。」

「基於此因，怪盜的預告信來得正是時候?」

索莉亞點頭肯定。

「儘管契約裡沒有具體註明要驅除多少隻，但是怪盜在遭到寶箱怪襲擊時應該會展開反擊，這麼做對於只需偶爾打掃的倉庫來說就已經相當足夠了。」

此時，法托菈補上一句但書。

「問題是僅憑凱荷茵小姐一人恐怕無法擔此重任，倘若被寶箱怪圍攻仍有喪命的風險，再加上那裡是人煙罕至的倉庫，遇難的話將會求助無門。」

「身為怪盜居然向外討救兵，光是這樣感覺上就已經無藥可救了……所以才跑來委託我幫忙啊……」

我已明白事情的全貌。

簡言之就是怪盜邀請我擔任護衛，古董店則是希望我可以幫忙驅除寶箱怪。

不管怎麼說，怪盜和古董店姑且算是利害一致。

「除了我以外，妳們大可委託其他魔族去擔任護衛吧？」

「原因是倉庫內存放著各種昂貴的古董，難保護衛會監守自盜，拜託熟人幫忙總是比較保險。另外，亞梓莎小姐您對錢財看得十分淡薄一事是眾所周知。」

聽完法托菈的回答，我不由得發出嘆息。

雖然能理解她們的說法，但說穿了就是委託熟人處理能省去很多麻煩。

「假如您願意接受委託，我們會送您前往倉庫所在的盧克斯達鎮。」

法托菈乍看之下彬彬有禮，但態度卻意外地相當強勢，大概是她很清楚商討事情如果太客氣的話會吃虧。

這個委託聽起來很麻煩，真要說來是一點都不輕鬆。

但自己承蒙過鑑定騎士團的照顧又是不爭的事實。

即便我沒料到當時的鑑定竟促成哈爾卡拉開始經營博物館，但不難想像此事未成的話，那些供品將會繼續堆放在我們家中的角落。

鑑定騎士團當時是免費幫忙鑑定，那我就應該知恩圖報。

「好吧，反正這工作似乎不會太花時間，我們就趕緊搞定吧。」

「真的非常感謝您，請您收下這個東西。」

索莉亞遞給我一個狀似金屬製的勳章。

「這是什麼？某種古董嗎？」

「是印有鑑定騎士團徽章的胸針。」

「沒錯，亞梓莎小姐您自現在起暫時是鑑定騎士團的一員。」

法托菈說完便鼓掌祝賀我。

「亞梓莎小姐，恭喜您加入鑑定騎士團。」

「沒想到自己活了這麼久，居然有機會加入騎士團呢……」

與其說我胸襟寬闊到願意逆來順受，不如說是變得越來越容易認命了。

**亞梓莎加入騎士團了。**

「那麼，就請您以鑑定騎士團一員的身分好好工作囉。」
「知道了知道了……但感覺自己就跟只是掛名的店長一樣，讓人有點不是滋味……」
「雖然抵達倉庫和攻略倉庫內部可能都挺辛苦，不過憑您的身手肯定沒問題。」
對了，記得剛剛也有提到想抵達那裡是頗困難的。
「請問一下，難道該倉庫是位在斷崖峭壁上或很深的地底嗎……？」
索莉亞將茶一飲而盡後，放下茶杯說：
「倉庫確實是位於城鎮之中。」
既然如此，想抵達那裡應該並不困難，這究竟是怎麼一回事呢？

◇

幾天後，我來到名為盧克斯達鎮的魔族城鎮。
能看見無數條水道流經城鎮，看起來景色宜人，甚至達到令人很想來這裡觀光的水準。
至於那個人已經站在會合地點等著我了。
「哇哈哈哈哈哈！余便是怪盜凱荷茵！高原魔女小姐，本日非常感謝您在百忙之中抽空前來赴約！今天就請您多多指教了！」
「妳到底是想耍大牌還是想謙虛待人，麻煩請擇一好嗎!?」
「看余今日華麗地盜走目標物——！這是為您準備的見面禮，小小東西不成敬意……」
「拜託妳誇完海口之後，別馬上就客氣地送我禮物。」
話說回來，前一次見到凱荷茵時就覺得她是個充滿矛盾的小傻妞……
八成是她其實本性認真，卻又勉強自己去當怪盜才會變成這樣。
「事實上是余日前在『古道具・一萬龍堂』的型錄裡，發現馬可西亞不服輸侯爵的遺物，因此決定無論如何都要將此物品竊走，無奈余覺得隻身行動有所極限，便寄信向該店的老闆索莉亞小姐確認。」
「既然要行竊就別向老闆徵求意見！」
天底下哪有這種小偷！為人再正直也該有所限度。
「那個，余就只是事前確認一下，相較於過去算得上是一大進步喔……」
「對吼，畢竟妳曾被冠上『馬後炮預告仔』這種綽號……」
據凱荷茵本人表示，她在仔細衡量過帥氣度與實際效益之後，最終決定採取這種等到東西得手後才寄送預告信的詭異行徑。
「由於索莉亞小姐隸屬於魔王陛下親自掌管的鑑定騎士團，與魔王陛下互有聯繫，因此這件事才輾轉交給利維坦族的法托菈小姐負責，最終由她幫忙聯絡高原魔女亞梓莎小姐您。」

「啊～原來又是源自於佩克菈的聯絡網……」

想想鑑定騎士團是直屬於魔王的部隊，怪不得會指名我來處理。

「只要有余草根性十足的竊盜技巧，再加上亞梓莎小姐您的蠻力就能所向披靡。」

「別把人形容成是蠻力的代名詞。」

另外別用草根性這種詞彙來形容怪盜，所謂的怪盜可是華麗優雅的存在。

「算了，這不重要，話說倉庫位在城鎮的哪裡呢？」

索莉亞完全不肯透露更多資訊，導致我沒有得到相關情報。從內容來看，感覺應該是要怪盜自行打聽。

「必須搭乘小船行經水道才能夠抵達倉庫，因此我們先去搭船吧。」

喔、搭船嗎？聽起來頗有怪盜的感覺。

「可是余沒有駕船的執照，也就不能負責駕駛——」

「這種時候還需要遵守法律嗎!?」

這位怪盜果然是個好人，準確說來是守法的小市民。

「所以余拜託擁有駕船執照的人幫忙，對方就在碼頭那裡等。」
從這裡前往河岸大約要經過七段階梯，沿著這條路下去就能抵達碼頭了。
當我來到碼頭時，忽然有人出聲呼喚我。
「咦～這不是亞梓莎小姐嗎～？」
這種悠哉的語調……
身為人魚族的伊姆蕾蜜可船長就站在那裡！
「船長，妳的幽靈船怎樣了？」
「我的船～目前在船塢接受維修～因為聽說有駕船在水道上移動的工作～於是我就跑來了～」
考量到這些人選都是佩克菈挑來的，也就沒什麼好大驚小怪了。
這情況總比與陌生人共事好多了。
能看見骷髏們手持木槳坐在能夠容納數名乘客的小船上。
這下子就可以在水道上移動了。
我和凱荷茵一同上船。
「那就～出發囉～」

小船沿著水道輕快地向前駛去。

「像這樣欣賞風景，莫名令人聯想到觀光船呢。」

可以讓人從船上觀賞街景。

「哇哈哈哈哈！余接下來會漂亮地從倉庫中把東西竊走——！話說余已跟對方約好中午過後就會進入倉庫，所以希望能在時間內抵達！」

偏偏在多餘的地方特別守信！

不過這是凱荷茵的性格使然，而且我有事情必須盡早向她確認。

「話說倉庫位於水道的哪裡？」

「哇哈哈哈哈！余不知道！」

啥？

我將手搭在怪盜凱荷茵的肩膀上。

「等等，妳說不知道是什麼意思？所以妳什麼都不知道就想去倉庫裡偷東西嗎？我反倒想問問妳打算如何前往倉庫？」

「啊、您這樣好恐怖，可以請您把手移開嗎……？余這麼說是有理由的，接下來就會為您解釋來龍去脈，而且余確實有意履行負責解說的義務。」

「既然如此，麻煩妳打從一開始就這麼說好嗎？」

於是凱荷茵把情況全都告訴我。

「這裡的水道錯綜複雜，要是沒有按照特定路線前進的話，船就會不斷被送回起點。」

「簡直就跟昔日的經典電玩差不多！」

「因為路線與倉庫內部地圖皆屬機密，所以老闆無法告訴余。另外老闆說我們靠自己找出路線並進入倉庫行竊是無所謂，但假如有繪製成地圖時，為了避免流出的風險，結束後務必要摧毀地圖。」

「是嗎？那就有點難辦了……咦，話說妳不是有簽訂幫忙打掃倉庫的契約嗎？」

「老闆說擔心余把地圖弄丟，因此無法交給余。」

「妳這個怪盜也太缺乏信用了吧！」

「沒這回事，老闆說余既然自稱怪盜，也就不需要地圖才對。」

「這麼說也沒錯啦……」

索莉亞就是基於這個理由，才表示想抵達倉庫會很辛苦。

縱然找到路線即可輕鬆抵達倉庫，問題是在搞清楚之前，恐怕比登山攻頂還困難也說不定。

「這部分請不用擔心～！」

伊姆蕾蜜可船長出聲安慰我們。

畢竟這艘船很小，船長應該能清楚聽見我們的對話吧。

不過凱荷茵好歹是怪盜，至少該注意音量別讓外人聽見交談內容才對……

「意思是只要記下路徑就能夠抵達目的地吧～這點小事根本難不倒具有過人智慧的我喔～就像在考駕船執照的筆試時，我可是重考七次就通過囉～！」

這次換我將手搭在船長的肩膀上。

「等等，表示妳前六次都沒能合格囉？」

「身為船長不可或缺的資質之一，就是擁有一顆不畏懼失敗的心喔～」

乍聽之下似乎是一句至理名言，但我總覺得就是有哪裡怪怪的。

「喔喔！伊姆蕾蜜可船長說得真好！像余也曾因為解不了鎖而沮喪過無數次！或是被看門狗咬了好幾口！卻還是沒有放棄當個怪盜，所以才會有現在的余！抱有一顆堅決不肯放棄的心當真十分重要！」

雖然令人難以啟齒，不過這根本就是廢材之間在互相安慰！

真的不要緊嗎……？算了，反正不會永遠徘徊於水道之中，船到橋頭自然直。

而且不管伊姆蕾蜜可船長曾失敗過多少次，她終究擁有駕船執照，換言之是一名專家。

既然身為專家，總有辦法掌握水道的路徑才對。

一小時後——

「總覺得～這地方好像來過耶～」

「這裡是一開始的碼頭啦！我們又被送回來了！」

果然我們在水道上陷入苦戰。

但這並非全是船長的錯。

因為途中會經過水道宛如走格子般分裂成許多條支線的地方，導致可以走的路徑太多，最終只能不厭其煩地重複挑戰來逐一確認。

負責划槳的是船長帶來的那群骷髏，因此不會陷入體力耗盡的情況，不過接連的失敗總是會對心理造成壓力。

「想在今天之內抵達倉庫似乎相當勉強……」

「哈！哈！哈！哈！在漫漫人生之中偶爾迷路一下也無妨！真要說來這不失為是一種樂趣！人生過於順遂的話就太無趣了！在歷經無數次迷惘找出只屬於自己的答案，才能夠活出自己的人生不是嗎？」

我明白這句話說得很有道理，卻又莫名令人感到火大！

「吶，凱荷茵，既然妳身為怪盜，是否會做點什麼符合怪盜風格的事情嗎？」

因為漸漸不再那麼急著想抵達倉庫，於是我向凱荷茵搭話。

至於當初那令人稀罕的水路風景，如今也已經看膩了。

「余想想喔，因為余經常寄送預告信，後來大家都誇獎余寫的字很好看喔！」

「感覺一點怪盜的要素都沒有！」

「世上總有一些覺得自己的字寫太醜而感到丟臉的人，余認為關鍵就在於專注寫好每一個字的那份心。原因是字寫得太醜的人，問題大多都是出在字跡過於潦草，所以只要一心想著要將意思傳達出去地好好寫字，終有一天能寫出一手好字的！」

「縱使字寫得好看總是比難看好，但單看字跡就會暴露身分的話當真沒問題嗎……？」

「由於余大多都是寫預告信，因此暴露身分反倒剛剛好。更何況余既不逃也不躲，並且還公開自家的住址喔。」

「妳沒有被逮捕，足以證明單純是妳沒做過任何能被稱為怪盜的行徑吧……」

在我們如此交談之際忽然發生異狀。

那就是船長不見了。

負責划槳的骷髏們都還在，卻四處不見船長的身影。

「咦，這是怎麼回事……？難道她從船上摔下去了？」

「先、先、先、先、先冷靜下來！這裡的水流並不湍急急急急急！」
「妳明明身為怪盜，卻這麼不擅長應付突發狀況！」
伊姆蕾蜜可船長是個人魚，相信她就算跌進水裡也不要緊，問題是她怎會從船上消失了？況且水道裡又沒有什麼凶猛的魔物存在……
當我跟凱荷茵扭頭望向水面時——
伴隨嘩啦一聲，船長從水裡冒了出來。
「因為我發現這裡的魚很肥美～就跳進水裡抓魚去了～」
她手裡抓著魚，而且是左右手各一尾，真虧她能徒手抓住如此溼滑的魚。
「這些魚都很新鮮，立刻生火烤來吃會很美味喔～」
「我說船長啊，妳要離開船隻時記得提前告知一聲……畢竟船上少了船長會很令人困擾……」
「妳們不吃嗎～？」
船長把魚遞了過來。
真要說來確實想嘗嘗看，於是我施展火魔法把魚烤熟，然後與凱荷茵一同享用。
船長表示她總會隨身攜帶鹽巴和盤子，經常像這樣抓魚來吃。
「喔喔喔！這魚真是可口呢！」
「嗯，真好吃！而且熟度剛剛好！」

「畢竟我可是人魚呀～這點事情對我而言只是小菜一碟喔～」

船長露出一張得意洋洋的表情。

「這下我就保住身為船長的名聲囉～我很棒吧？很棒對吧？」

這的確算是一種成果，就暫且讓她繼續沾沾自喜吧。

「就算找不到通往倉庫的路徑，這樣也能將功贖罪囉～」

「才怪！並沒有這種事！」

就算烤魚再好吃，也無法解決我們找不到正確路徑的問題！

在我準備繼續開口時——

「那我再去抓幾條魚回來喔～」

語畢，船長再度躍入水中。

「她居然逃跑了！而且這種方式根本是犯規！」

堅持自我是好事，但無法抵達倉庫終歸無濟於事，至少別搞混我們最初的目的。

沒過多久，船長從水裡探出頭來。

「那個，船長……這趟航行的大前提終究是找出通往倉庫的路徑——」

「我在水道裡發現一個奇怪的開關喔～」

船長拋出這句讓人摸不著頭緒的話語。

「船長，麻煩妳別轉移話題——」

「我試著～按按看好了～」船長說完話又潛入水中。
「嗯～這個小妮子真是不好應付呢……」
「造成皺紋的原因就是經常愁眉苦臉喔，所以要盡可能保持笑容！哇哈哈哈哈！」
「不必妳雞婆！另外為何最認真尋找目的地的人是我啊!?」
此時——
喀喀喀喀！
船隻出現奇怪的晃動。
「什麼什麼!?怎麼回事？」
「喔喔喔喔喔喔……！哇哇哇哇哇哇……！船要沉了嗎？救命啊！」
「妳也太快就陷入驚恐了吧！」
原本嚇到手忙腳亂的怪盜，忽然注視著和水道呈現直角的方位。
難道她打算跳到岸上逃生嗎？這艘船又沒有破洞，她也未免太驚慌了吧。
「快看側面！我們未曾走過的水道……突然冒出來了！」
水道？這附近的水道理應沒有分支，就只有河岸才對——
本該是河岸的那面牆出現一條隧道。

「哇啊啊啊啊！是密道!?那是密道嗎？」
船長在此時冒出水面。
「當我按下開關之後～就出現一條通道了～果然必須仔細調查各個角落才行呢～」
船長將雙手舉至不上不下的高度，擺出一副十分得意的模樣。
嗯，如此出色的表現確實有資格耍威風，可是——
**「這種密道唯獨人魚才能夠發現喔！未免也太刁鑽了吧！」**
如果只有我和怪盜的話，這輩子都休想找到密道。
在穿過隱藏的隧道之後，與先前水道截然不同的景色隨即映入眼簾。
之前一路上有許多興建於水道上的商店，以及大量的行人。
不過這裡沒有任何商店與行人，只有一座接著一座的大型建築物。
這塊區域內有著櫛比鱗次的倉庫。
「喔喔喔喔喔！這下肯定走對路了！」
凱荷茵興奮地雙眼發亮。
在如此大量的倉庫之中，有一間倉庫印著類似由骷髏和那伽族組成的大型圖案。

那應該就是『古道具・一萬龍堂』的倉庫了。

「抵達目的地！真是太感謝妳了，船長！」

「我並沒有做出什麼值得誇讚的事情～就只是不斷挑戰而已～」

雖然船長又露出一副跩樣，但似乎真如她所說，除了不斷挑戰以外就沒做什麼了。不過航行於水道之間，好像也沒機會使出任何空前絕後的駕船技巧。

「那麼～我們的工作～就到這裡為止～接下來只能靠妳們自己囉～」

嗯，我們必須設法攻略倉庫才行。

「這是我的一點心意～」

船長將裝了東西的盒子交給我與凱荷茵。

「這是我特製的烤魚便當～如果妳們在倉庫裡迷路的話，可以先停下腳步填飽肚子喔～」

「謝謝！我真是太高興了！」

「嗯！船長，感謝妳的幫忙！為了寄送感謝狀，到時請把妳家的住址告訴余！」

就因為凱荷茵老是像這樣寄送感謝狀，才導致住址徹底曝光，不過執法單位好像無意逮捕她，也就沒什麼問題才對。

我跟凱荷茵帶著莫名感動的心情和船長道別後，便走進倉庫之中。

凱荷茵本來就持有倉庫的鑰匙，並解釋說這是索莉亞寄給她的。如此一來，確實是有得到店家的許可。

◇

在進入倉庫經過一分鐘後，我不由得停下腳步。

「那個，凱荷茵，我可以吐個槽嗎？」

「請說。」

「明明船長不在這裡，骷髏們卻全都跟來了！」

沒錯，幫忙划槳的骷髏們一直跟在我們後方。

「啊～根據船長表示，這群骷髏對倉庫充滿好奇，希望能來參觀一下。並且有提到它們的步行速度不慢，不會給人造成困擾，要我們大可放心。」

「嗯，我並不覺得它們會礙事，但先前以挺感人的情緒與船長道別，害我感到有些難為情……」

簡言之，我們道別的對象就只有船長一人而已。

「話說回來，即使稱之為倉庫，內部以廣義而言也算是個地下城……」

首先是室內相當昏暗。

而且通道錯綜複雜。

雖然與洞窟這類地方不同，卻莫名給人一種像是在攻略迷宮塔的感覺。

「索莉亞可說是古董業界之中的頭號大盤商，倉庫的規模都在預料之中。而且要是沒什麼危險的話，余也不會委託高原魔女小姐您來幫忙！」

總覺得凱荷茵這次滿常在奇怪的地方耍威風。

「對了，高原魔女小姐——這套鎧甲是什麼？」

「鎧甲？應該也是古董吧？我看看。」

我回頭一看，發現凱荷茵被能夠自主行動的鎧甲們團團包圍了！

「居然立刻就陷入危機！」

「哼！憑你們這群蝦兵蟹將，豈是本小姐怪盜凱荷茵的…………啊，請不要舞刀弄槍，余很怕看到血，拜託來一場不會弄疼對方的遊戲就好。」

凱荷茵在見到自動鎧甲們拔出武器馬上就慫了。

找我一起來似乎是相當正確的決定……假如她死在這種地方會給大家添麻煩的。

「好吧，它們就交由我來應付，相信物理手段能摧毀它們才對。」

我抱著熱身的打算不斷旋轉右臂。

「啊、高原魔女小姐，麻煩您稍等一下！」

「為什麼？難道妳想到能靠自己解決的方法嗎？」

凱荷茵一把抓住自動鎧甲身上狀似吊牌的東西。

「這上面寫著『25萬柯努幣』！表示這些鎧甲都是商品！一旦破壞就得照價賠償！」

「這些竟然全是商品!?」

「很抱歉請您別打壞它們！要不然余得支付違約金！」

「妳這是哪門子的怪盜啊！」

「余雖是怪盜，但以契約而言就只是倉庫的清潔工！契約條款裡有寫明不可毀損商品！」

怪盜凱荷茵拿出一份契約。現在是爭執此事的時候嗎!?

取得店家的許可之後再潛入（？）倉庫，以某種角度上來說也是大有問題。

無奈之下，我以鎖喉壓制住其中一套自動鎧甲。

「妳趁現在快逃！」

「感激不盡……！呃，余被其他鎧甲擋住去路了！」

這個怪盜簡直是弱不禁風！

說起怪盜，我會立刻聯想到魯邦什麼世的動漫角色，事實證明凱荷茵並不能與那些強者相提並論。

我懷疑單看戰鬥能力，凱荷茵甚至不如哈爾卡拉……難道精靈這個種族在體能方面是積弱不振嗎……？想想精靈在電玩裡給人的印象是擅長魔法，至於肉搏戰就很不在行。

於是我依序繞到各個自動鎧甲的背後使出擒拿術，小心翼翼地把它們摔倒在地。

「真麻煩……若能攻擊馬上就可以搞定了……」

「但是那麼做就得照價賠償……還請您高抬貴手行行好吧！」

「既然這樣，妳乾脆從一開始直接花錢買下不服輸侯爵的畫作就好啦！」

「這、這個嘛……余身為怪盜的尊嚴不容許自己這麼做！」

「妳如今早就沒有所謂的尊嚴啦！」

我在前世見過不少為了尊嚴自取滅亡的人，以及自視甚高拉不下臉道歉而被迫離職的人，不過如此極端的例子倒也相當罕見……

「余也明白自己很弱小！但余仍得繼續打腫臉充胖子！因為這是余唯一能辦到的事情！所以至死都必須不斷打腫臉充胖子！只要余一息尚存就算是贏家！」

「妳未免也太不服輸了吧！」

等等，就某種角度上來說，凱荷茵確實有繼承不服輸侯爵的血脈。

一想到這裡，我不禁認為這也算是一種人生。

惹得我忍不住輕笑出聲。

「嗯，既然這樣的話，妳就竭盡所能地打腫臉充胖子吧。」

「余又被鎧甲們包圍了……」

「妳也太廢了吧！」

好歹也把敏捷這項素質調高一點嘛。

傷腦筋，凱荷茵已被自動鎧甲們徹底包圍，這次想在避免傷害到鎧甲的前提之下把人救出來會非常困難……

「余對自己的人生已沒有任何遺憾！因此余是最終贏家！」

妳少在那邊主動宣布要領便當！眼下的情況並沒有那麼危急啦！

「余就來分享一下自己辭世的碑文——余是贏家，因為余先這麼說所以是贏家，因為余沒有輸，四捨五入之後就是贏家，如果在人生的最後一刻仍保持微笑，這種人理應稱得上是最大的贏家吧？」

「寫得也太爛了吧！留下這種碑文只會成為永世的恥辱喔……」

「那怎麼行！只能找人幫忙代寫了！」

「像妳這樣想找人代寫碑文才是最丟臉的行徑！」

沒辦法了，只能摧毀兩套自動鎧甲殺出一條血路。

才剛進入倉庫就讓凱荷茵死去會很令人頭疼，儘管不清楚這次碰上的鎧甲價值多少錢，但至少不是賠不起的金額才對。

就在這時，竟出現意想不到的援軍。

「你、你們居然為了余……」

骷髏們紛紛上前拖住鎧甲，幫忙阻止敵方的攻勢！

讓凱荷茵得以擺脫自動鎧甲們築起的包圍網。

「你們這群骷髏們真是太讚了！」

「謝謝你們！謝謝你們！這樣就無須破壞鎧甲！余也不必照價賠償了！」

妳這個小妮子是有多麼不想賠錢啦……

其中一名骷髏朝我們點了點頭。

似乎是想傳達「這裡就交給我們負責斷後，妳們趕快先走」這類的意思。

「你們這群骷髏一定要回來與我們會合……要是敢死在這裡的話，休想余會放過你們！」

「那個，我不是無法理解妳那熱血沸騰的心情──」

「余知道這群骷髏早已失去性命！但這種時候就是得說出這種臺詞才符合禮數！」

雖說很有一種在演啥鬧劇的感覺……不過打從取得店家同意的那一刻起就已是一

場鬧劇，所以也沒啥好計較的……

◇

我與凱荷茵朝著倉庫深處前進。

「真不愧是魔族古董商人的倉庫，余還是第一次感到如此害怕。」

「說得也是，換作是一般人進來的話，十之八九都會賠掉小命。」

普通人光是被那群自動鎧甲包圍就只能等死了。

而且一般倉庫並不會給人帶來如此可怕的體驗。

繼續把這裡當成是地下城應該會比較妥當。

只不過相較於真正的地下城，在此處遭遇魔物的次數屈指可數。

除了那些鎧甲以外就沒有其他敵人了，希望接下來可以一路暢行無阻地找到不服輸侯爵的畫作。

「啊、對了，身為老闆的索莉亞有委託妳處理什麼事情吧。」

「嗯，與契約一同寄來的信件裡有提到，因為這裡冒出太多寶箱怪，於是拜託余幫忙處理。契約裡也有提到寶箱怪並不歸類在商品之中。」

沒錯，索莉亞想利用凱荷茵幫忙驅除倉庫裡的寶箱怪。

「就是這件事。記得寶箱怪是躲於寶箱裡的魔物吧。」

在聽索莉亞聊完寶箱怪的事情之後，我有去請教夏露夏，確定這世界的寶箱怪也是擁有寶箱外形的一種魔物。

「意思是發現寶箱的話，只要別打開就沒事了，不過這樣就無法驅除寶箱怪。儘管主動打開寶箱，讓寶箱怪誤以為我們受騙上當會很令人不爽，偏偏除此之外也沒有其他法子了。」

結果證明不必這麼麻煩。

因為眼前有大量的寶箱擋住去路。

「它們根本無意躲藏！」

「那麼，余就打開其中一個看看吧。」

凱荷茵放輕腳步地接近寶箱。

其中一個寶箱竟主動張開自己的血盆大口。

「咬～！咬咬！」

能看見打開的寶箱裡長滿牙齒。

「唔喔！牙齒長得真利！被咬到應該很痛！」

寶箱怪居然光明正大地在倉庫裡繁殖到這麼多，當然我並不清楚它們的生態。

那麼，只需把它們通通解決就行了吧。

於是我開始凝聚冰雪魔法。

「好像不必特地繪製魔法陣，把它們全部冰凍——」

冰雪魔法可以針對寶箱怪攻擊，也能避免對倉庫造成多餘的破壞。至於火焰魔法就免談了。

當我如此心想之際——

「先等一下。」

我立刻中斷魔法。

「咦，為何要停下來？這一大堆寶箱八成全是寶箱怪喔。」

凱荷茵困惑地提問。我此刻的舉動等於是不想完成委託，所以她這是十分正常的反應。

「如果寶箱怪們成群結隊襲擊我們的話，確實是有理由殺死它們，不過妳再仔細看看。」

我將目光移向那一大堆的寶箱。

只見它們通通都沒有擺出「誰來開箱就咬誰」的態度。

「寶箱怪似乎並不會主動傷人，這讓我有點於心不忍。儘管倉庫的主人可能把寶箱怪當成某種害蟲，但其實是不太想殺害它們才對。」

人活在世上不可能完全不殺生，若有人指責我說這種想法太自私，我也只能默默接受批評，畢竟我長久以來都是靠著殺死史萊姆來維持生計。

有時也會因為生態環境遭受破壞而前去獵殺繁殖過多的野豬，以上行為同樣是殺生。無論基於何種理由，殺生就是殺生。

或許有人會說素食者就從不殺生，但我並不認同以上觀點，因為植物也擁有生命，這個世界甚至存在著桑朵菈以及蜜優這類近似於植物的種族。

所以人們只能擅自劃分標準選擇殺生的對象——

無奈我就是不忍心攻擊這些寶箱怪。

「余能理解您的心情。」

凱荷茵點了點頭，看來這位怪盜是個心地挺善良的人。

「就算生得一副箱子樣，還是讓人不忍心傷害——」

突然有隻寶箱怪一口咬向凱荷茵的頭！

「好痛！竟然背後也有一隻！這個屎臭爛箱子！去死啦！去死啦！」

「它們主動攻擊了！另外妳罵得很沒口德喔！」

當凱荷茵勉強掰開寶箱怪的嘴巴並把它扔出去之後，寶箱怪又恢復成原來那種人畜無害的態度乖乖待著。老實說已經太遲囉。

「總覺得它們似乎認為余是個可以攻擊的對象……」

因為這群寶箱怪與野生動物差不多，大概有辦法辨別對手的強弱……相形之下，我的確比凱荷茵強大許多……

「但你沒有打倒余，所以余是贏家！」

幸好凱荷茵是個想法樂觀的小傻妞。

「高原魔女小姐，眼下何不先去尋找余想得到的不服輸侯爵畫作，之後再來思考是否要驅除寶箱怪也不遲吧？」

凱荷茵似乎看穿我的心思，提出這個著實幫了我一個大忙的意見。

「本想說老闆都特地委託人來驅除寶箱怪，恐怕這裡已有很長一段時間無人清理，結果竟然幾乎是一塵不染，比余想像得整潔多了。」

「對耶，不管是地板或古董的表面都清理得十分乾淨。」

此處的管理出乎意料還滿確實喔。

「那麼，我們這就前往不服輸侯爵畫作的存放處吧。」

我們繼續朝著倉庫的深處前進——

最終順利抵達應該是存放畫作的地方。

凱荷茵拿起其中一幅畫，乍看之下就只是一幅普通的風景畫。

不過整體構圖滿缺乏立體感。

「喔喔！錯不了的！如此稚嫩的畫工！毫無遠近感可言！因保守而欠缺獨創性的配色！無法令觀賞者產生一絲共鳴！整體看起來就像是門外漢努力繪製出來的作品！這幅畫確實是出自不服輸侯爵之手！」

凱荷茵邊笑邊無比毒舌地批評畫作。

我能明白妳找到畫作非常高興的心情，可是這種反應還頗嚇人的！

「真是太好了，幸好很快就找到想要的畫。」

若得從頭找起的話，恐怕會非常折磨人。

「嗯，別看余這樣可是一名怪盜，自然很有美術修養，所以一眼就認出來了。」

凱荷茵自信滿滿地說著。

「在存放畫作的此房間裡，唯獨這一區全擺著廉價品，而不服輸侯爵的畫作肯定會被歸類在此！畢竟這件古董的唯一賣點就是出自貴族之手！」

「妳還真把自家祖先批評得一文不值耶！」

就某種角度而言，能受到後代子孫如此重視，不服輸侯爵也算是得償所願吧。

「但這幅畫原來那麼糟糕呀，在我看來並沒有特別難看喔。」

即使在前世中，無論是掛於市區某處個展內的畫作或小心翼翼展示在美術館裡的知名畫作，我都辨識不了兩者之間的優劣，反之對於內行人而言就宛如天壤之別吧。

就像這張不服輸侯爵的畫作，倘若出自我家女兒們之手，我就會認為她們畫得非常棒。

「在不服輸侯爵公開這張畫作的數年後，被發現其實是抄襲自其他畫家的作品。」

「原來還附帶這種負面消息！」

「無須多言，單就作畫水準同樣是不服輸侯爵遠劣於對方。因為侯爵不是職業畫家，在公開當時多少還能以此做為藉口，但抄襲一事曝光之後，就遭人嫌棄說抄襲還畫得那麼醜，而且明明是侯爵抄襲別人，侯爵卻死皮賴臉地一直堅稱自己才是原創……」

居然連這種事也不願服輸啊……

「自從畫作風波發生後，不服輸侯爵是個可悲傢伙的臭名便廣為流傳。至於這幅畫唯一勉強有價值的地方，就是侯爵為了它死不認錯，這位古董商人大概是基於這點才買下來……但這是一族的恥辱，余才想把它偷走……」

「嗯，妳就儘管把它偷走吧……」

這是一起徵得持有者同意的竊案，所以我沒理由出手阻止。

當我們踏上歸途時，凱荷茵是以放在地上拖行的方式搬運畫作。既然當事者都無意小心對待，我也就沒什麼好說的。

「話說我們都來到倉庫深處了，一路上的清潔管理還做得真徹底呢。」

凱荷茵欽佩地說著。

「是啊，幾乎沒看見什麼灰塵，難不成已經有清潔人員來打掃過了？」

換言之——索莉亞是想以打掃為名義，將不服輸侯爵的畫作送給凱荷茵嗎？

看在索莉亞眼裡，或許是把這幅畫視為能免費贈送的東西吧。

話雖如此，極度看重尊嚴的怪盜肯定無法接受。

問題是讓怪盜擅自闖入的話，十之八九會遭受自動鎧甲以及寶箱怪的襲擊。

於是就以偶爾也需要有人來倉庫看看與寶箱怪增加太多等藉口，設法把我找來幫忙吧。

只不過普通人進入這裡，一旦被自動鎧甲包圍八成會沒命吧……

可是就這麼回去的話，又會抵達有著成堆寶箱怪的區域。

真要打倒那些不會積極傷害外來者的魔物嗎？

當我與凱荷茵返回寶箱怪的聚集地時——

親眼目擊它們的生態。

那些寶箱怪完全沒有理睬我們，靜靜地做著它們的事情。

「原來是這麼一回事呀。」

「高原魔女小姐，看來這座倉庫已自成一個生態系了。」

我認為凱荷茵的感想過於誇大，卻又沒有完全說錯。

於是我們停下腳步，觀察這群寶箱怪一段時間。

「啊～對了，船長有幫我們準備便當。」

畢竟在這種保存大量古董的倉庫裡，還滿不容易找到能夠坐下來吃東西的地方，況且我們三兩下就尋獲目標物，因此錯過吃飯的時機。

「反正機會難得，余決定在這裡吃，您意下如何呢？」

我立刻同意。

在我們享用便當的期間，寶箱怪們都很安靜。畢竟只要別接近它們，即使放鬆警戒也不會遭受攻擊。

可是等我們吃完便當以後，發生了一件奇妙的事情。

◇

我和凱荷茵平安走出倉庫，先前幫忙阻止自動鎧甲的骷髏們也已回到船上。雖然骷髏們有點受損，不過原則上沒有大礙。

「見二位似乎有不錯的收穫～真是太好了呢～除了一幅畫以外還多出不少行李呢～」

「嗯，行李比原先預料的多出不少，而且也受到骷髏們的幫助。」

船長似乎在我們進入倉庫的期間捕了許多魚，能看見好幾尾魚在船上角落的桶子裡游來游去。

「對了對了，烤魚便當好吃嗎～？」

船長語氣悠哉地提問。

「嗯，非常美味。我們就在寶箱怪的旁邊用餐。」

「寶箱怪的旁邊嗎～？」

嗯，我並沒有撒謊喔。

順利返回碼頭的我們，便在那裡和船長以及骷髏們道別，並且再次向這些骷髏道謝。

接著我們乘坐飛龍，前往店鋪位於范澤爾德市區的『古道具・一萬龍堂』。

因為該店的看板上有個巨大的骷髏頭，所以我們一眼就認出來了。

明明店名有個龍字，店鋪門面卻沒有一絲龍的要素，反倒有如哪來的鬼屋，不過從日本店家的角度來看，這間店應該叫做「萬龍堂」吧。既然如此，也就沒有任何不對勁的地方了。

店裡看起來彷彿一間博物館，不過比起真正的博物館，此處的東西擺放得很擁擠，但這裡畢竟是商店而非展示會場，因目的不同才有所區別吧。

我們在會客室稍待片刻後，索莉亞便走了進來。

「辛苦二位了，真虧妳們有辦法通過那條水道呢。」

那裡確實非常折騰人……難不成索莉亞也料想過我們會因為找不到倉庫而折返嗎……？

「由於前往該分店的倉庫相當麻煩，長久以來都無人進入內部，相信裡面滿是灰塵，給妳們增添了不少困擾，外加上還有許多寶箱怪，現場恐怕是一片狼藉吧。」

「關於這件事，為了倉庫的環境著想，我認為不該驅除那些寶箱怪，於是讓它們繼續待在裡頭了。」

索莉亞似乎聽得一頭霧水，眨了眨她那藏於眼鏡底下的美眸。

「麻煩妳解釋得更詳細點。」

「那間倉庫裡一塵不染喔。」

「咦？怎麼可能會有這種事情……」

「多虧那些寶箱怪用舌頭把地板舔得一乾二淨，其實它們的食物就是灰塵。」

仔細想想，該倉庫內幾乎沒有能當成食物的東西。

就算有老鼠或昆蟲住在裡面，數量也是相當稀少，而且該處並沒有發現任何遭老鼠啃咬受損的物品。

換言之，棲息在那裡的寶箱怪就是把灰塵當成食物來源。

要是沒有寶箱怪的話，倉庫內肯定積滿灰塵。

當然也有人會認為比起遭受寶箱怪攻擊，倒不如充滿灰塵還比較好處理，但我認為可以先觀察一陣子再說。

我將自己的見解說了出來。

「原來如此，我已明白您的意思了。因為總店這裡人員出入頻繁，沒有寶箱怪棲息在此，所以我並不知道它們能夠幫忙清理灰塵。」

看來棲息在倉庫裡的寶箱怪也算是特例囉。

「我願意尊重妳們的判斷。另外寶箱怪當真會吃灰塵的話，馴化後或許也能幫總店這邊省去維護清潔的麻煩。」
索莉亞似乎肯接納我們的意見，真的是太好了。
「啊～關於這件事，其實——」
凱荷茵配合我的話語，小心翼翼地將一個寶箱放到索莉亞的面前。
只見該寶箱隨即張開嘴巴。
「在我們離開時，有幾隻寶箱怪也跟了出來。假如妳不嫌棄，要不要留下幾隻養養看呢？」
「如果不需要的話，余是考慮找間空屋把它們丟在裡面。」
儘管我有些擔心此舉會對自然環境造成影響，但無奈我對魔族當地的法規沒有研究，所以不便多說什麼。
沒錯，當我們吃完便當準備離去時，寶箱怪們便蹦蹦跳跳地尾隨在後。
因為看這些寶箱怪毫無敵意便置之不理，結果它們一路跟到外頭。我瞧它們甚至來到船前，於是就讓它們一起上船，並且任由它們乘坐飛龍。
可能寶箱怪就是以這種方式尋找新住所吧。
「那我就留下幾隻吧。畢竟魔族對寶箱怪的生態知之甚少。」
若能因此從寶箱怪身上找到出乎意料的實用價值，或許也算是好事一樁吧。
在離去之際，凱荷茵收到十五萬柯努幣。

雖然最終沒有驅除寶箱怪，但索莉亞還是按照契約如實給付報酬。鑑定騎士團還真是大度呢。

「拜您所賜，余順利回收一件我族恥辱的遺物，真是感激不盡。」

「嗯，但妳也別太勉強自己喔。」

「請放心，只要我族恥辱的遺物仍存在於世上的一天，余就會繼續活下去！」

這種自我認同還滿糟糕的耶……

不過凱荷茵能將負面事物轉化成生活的動力，因此也無法一口咬定這樣是不好的。

◇

我把某個東西帶回高原之家。

返家當天，我在空房間的門前貼上「內有危險物！禁止進入！」的警語。事實上把門打開也不會發生什麼狀況，這麼做純粹是以防萬一。

後來在我的陪同之下，孩子們跑來觀察這個東西。

「啊，它在吃了，它在吃了～♪」

「像這種必須沒人時才會形成的生態著實是罕為人知，因此這可是十分珍貴的景象。」

法露法和夏露夏偷偷從門縫觀察著。

沒錯，唯獨這隻寶箱怪不肯待在古董店內，就這麼一路跟在我身後。

瞧它大老遠一路尾隨我到這裡，我便把它帶回家中，然後放進空房間內。

結果它就開始舔食房間裡的灰塵，看來它的確把灰塵當成主食。

「因為它有可能會咬人，所以妳們現在還不行接近它，等飼養一段時間以後再看看吧。」

「不過這麼一來，至少可以幫我們省下打掃空房間的麻煩囉～♪」

嗯，這就是我最主要的目的。

既然都把寶箱怪帶回家了，若能實現雙贏的局面自然是再好不過。

外加上它終歸是生物，搞不好可以像飼養寵物那樣，為孩子們的品德教育帶來益處。

於是，這個空房間便成了寶箱怪的生活空間。

# 拜訪以絕食聞名的隱士

「好久沒來這裡了呢，真叫人懷念耶～」
「對呀，只是我比較不適應寒冷的地方。」
「啊～抱歉喔，萊卡，我們趕快進屋裡去吧。」
我們來到莫達迪亞那山，這是一座幾乎沒有任何植物生長的荒涼山丘。
簡稱魔史的魔法師史萊姆便將工坊建在此處。
真要說來，眼前這棟屋子就是她的工坊。
我手裡拿著各種伴手禮，原因是魔史居住在這種生活會有諸多不便的地方。
萊卡見我兩手都提著東西，便代替我敲了敲門。
隨即有一名金髮少女來應門，這位少女便是魔史。
「來了～哎呀哎呀，這不是高原魔女小姐與她的徒弟嗎？」

She continued destroy slime for 300 years

因為魔史的反應沒有太誇張，讓我稍微鬆了一口氣。老實說我身邊有許多人的反應總會太超過，就連弗拉塔村的村民們原則上也都滿誇張的……

「好久不見，在聽說女兒（其實是義女）曾經承蒙過妳的照顧之後，我便想找機會向妳道謝，於是就趁著今日來訪。」

「令嬡嗎？啊～是席羅娜小姐呀，這點小事不必如此多禮喔。」

沒錯，席羅娜曾來向魔史學習過魔法。

雖然席羅娜是在我不知道的時候誕生於世上，在我不知道的時候跑來學習魔法，不過魔史曾關照過我的女兒（義女）依舊是事實，所以我才想說非得找個機會來答謝她不可。

我將帶來的禮物輕輕放在桌上。

身為史萊姆的魔史基本上不需要攝取食物，因此這間工坊沒有廚房、床鋪以及廁所，內部構造非常簡樸。

「我不清楚妳收到怎樣的禮物會比較開心，於是向聰史打聽了一下，才知道原來妳很喜歡魔導器。」

「喔～我看看喔。啊～這可是很棒的護身符呢。這邊的護身項鍊也非常不錯。居然還有魔力儲存裝置。」

魔史逐一打開箱子確認。很好很好，這下最主要的目的已經達成了。

「真是太好了呢，亞梓莎大人。」萊卡望向我如此說著，我則以眼神簡單回應。

那麼，魔史會有怎樣的反應呢？

不過魔史一度停下開箱的動作。

「哎呀，這真是奇特的驚喜呢。」

什麼嘛，她一點都不吃驚……

其實那個箱子裡裝著聽史。

先聲明我並沒有虐待聽史，是它說也想順便來見見魔史，然後主動提議要我們把它裝在放有魔導器的箱子裡即可。

我是有以「你不必委屈自己待在箱子裡喔……」這句話勸阻過，不過聽史解釋說它偶爾會想待在狹窄的環境裡思考事情。

這與其說是閉關冥想，不如說是閉箱冥想。考量到聽史並不會缺氧而死，於是我便把它裝入箱中，一路運來這裡。

聽史在箱子裡跳了兩下，幸好它看起來精神很好。儘管史萊姆的身體狀況不太容易辨識，但它們只要會跳來跳去就等於是充滿活力。

「真令人懷念呢，我以前也經常躲進箱子裡喔。」

「魔史小姐妳也待在箱子裡過啊！」

萊卡搶在我之前開口吐槽。在現場的四人之中，就有兩人體驗過待在箱子之中的感覺，難不成這對史萊姆而言是很常見的行為嗎？

「是的，尤其是裝過零食的箱子最好，裡面會有一股淡淡的零食香氣。」

「原來動機比我想像得普通許多……」

大概是理由有別於聽史，並非想找地方冥想之類的緣故，所以讓萊卡感到有些傻眼。

聽史繼續在魔史的面前跳來跳去。

魔史則注視著聽史，並且有如心領神會地不斷點頭。

「這樣啊。儘管確實有這號人物，但我並不建議這麼做，倘若你執意前往，我是可以把地點告訴你。是嗎？原來你在見過世界三大賢者之後，明白親眼見過對方能讓自己獲益良多呀。」

「……那個，請問你們是如何溝通的？」

雖然請教這種事情有點失禮，不過就我看來只是聽史不斷在魔史的面前跳來跳去。

「亞梓莎小姐聽不懂嗎？這位大人——啊、二位稱他為聽史是吧？」

「是的，因為史萊姆大多都沒有名字，所以我幫它取了一個帥氣的名字。」

「亞梓莎大人，妳真心認為這是個帥氣的名字嗎……？」

總覺得徒弟的反應有些微妙……奇怪，難道我的取名品味不太正常嗎？

先撇開這件事不提——

「聽史方才蹦蹦跳跳說它在結識名為蜜優蜜優協抵瑜的仙女木族賢者之後，著實是受益匪淺，因此想問我知不知道其他世界三大賢者的下落，如果知道的話希望可以告訴它。」

「聽史是從哪裡表達出這句話的？」

面對我的質問，聽史再度原地跳起。

「聽史剛剛稍微側身，然後跳至一定的高度對吧。此動作表達的意思就是『妳知不知道其他世界三大賢者的下落，如果知道的話希望可以告訴我』。」

「我完全看不出來！甚至看不出它是在說話！」

重點是世界三大賢者這種特殊名詞，豈有辦法光靠一次跳躍就表達出來啊。

「這對我們史萊姆而言是很尋常的交談方式。比如說——有了，聽史，麻煩你舉個例子吧。」

聽史輕輕跳到箱子上。

它跳起的幅度不大，應該只有十五公分左右。

「它剛剛表達的意思是『語言是唯獨使用相同語言的存在之間才能夠互相交流，

而這也是語言有其極限的最大佐證。這句話出自亞爾瑟箴言集第五卷』。」

「這也太扯了吧！而且裡頭還有提到書名！」

「畢竟我也是親眼目睹，但我認為這真的太誇張了！」

非史萊姆族的我們紛紛提出反駁。

「啊、關於專有名詞，史萊姆光靠跳躍是沒辦法表達出來的。不過聽史剛剛在跳起的同時，有稍稍凸起一小部分的背部。」

聽史狀似點了個頭，表示確實真有此事。

「在那瞬間凸起背部，一部分的史萊姆就會馬上明白那是在指亞爾瑟箴言集第五卷。」

「原來如此——當然我這麼說並非已經理解了，而是明白你們的確能藉此溝通……」

儘管只是我的猜測，不過原理類似於電腦的註冊新詞吧……

「聽史說它在見到名為蜜優蜜優協抵瑜這位世界三大賢者之一的女士之後，感受到一種無法透過閱讀書本獲得的新鮮體驗。因為它認為結識其他學者可以增廣見聞，所以向我詢問其他世界三大賢者的下落，並表示假如知道的話希望可以告訴它。」

魔史說完後，聽史再次做出類似點頭的動作。

稍微講個題外話，雖然蜜優蜜優協抵瑜是蜜優的全名，但我無論聽幾次都還是不太習慣……

「我是能理解聰史想表達的意思，不過……聰史的這個願望應該滿難實現吧。」

「此話怎說呢？亞梓莎小姐。」

魔史將手放在桌面上開口提問。其實這間工坊內就只有一張椅子，所以大家都是站著聊天。事實上光看這屋子的所在位置，肯定原本就沒考慮過會有訪客前來。

「如果以世界三大賢者為前提將各方賢者介紹給聰史認識，很快就會沒有人選才對，畢竟這種人並非隨處可見吧。」

當然我很清楚能歸類在世界三大賢者之中的人並不只有三位。

因為這是立場上無法號稱自己為天下第一或第二之人，以此來自稱的慣用伎倆。拿日本來比喻，說起日本三大稻荷神社，名單之中肯定有伏見稻荷神社和豐川稻荷神社，但我相信有不少地方都會主張自己是第三大稻荷神社……

話雖如此，自稱是日本三大稻荷神社之一的神社也不會多達上百個，其數量終歸有上限。話說回來，三大〇〇這種講法當真只存在於日本嗎？我懷疑世界各地應該有不少人都會這麼做……

此時，魔史朝著書櫃走去，從中取出一本書。

「那我稍微查閱一下這本《世界三大賢者大全》。」

「居然還有出版這麼偏門的書！」

「這本大全中有收錄三千名左右、自稱是世界三大賢者的人物。」
「這樣的人數確實需要收錄成冊！」
「另外還請來五位賢者擔任評審，替書中的人物是否夠格稱為世界三大賢者進行評分，每位評審最多能給出十分，滿分總計五十分。」
「以分數來評定這群或許是世界三大賢者的人，總感覺還滿失禮的……」
「順帶一提，這五位評審在評論到自己時，所有人都是給出十分滿分。」
「聽起來一點公信力都沒有！」
我個人認為這種做法最不可取喔。
「儘管評分方式頗有問題，卻也能夠透過分數來打響名聲。由於總分達四十分以上的賢者大多都已是故人，因此就先跳過囉。這也算是人之常情，任誰在面對死者時總是不方便把話講得太難聽。」
魔史如此解釋著，同時翻開狀似索引的頁面。
裡頭的那些人看起來都很不像是賢者。
「另一方面，總分落於十分左右的那些人，都只是胡亂冠上稱號的可憐蟲，根本不值一提。比方說這個人，他只因為自己開的公司成功賺大錢就推出自傳，然後在書中為自己冠上賢者之名罷了。」
「這種人根本就不必收錄進來了吧……」

原來這個世界的社長也會出版自傳呀。倘若哈爾卡拉哪天想推出自傳，我還是先阻止她吧。雖說這種事屬於個人自由，但十之八九都會淪為黑歷史，當事者於日後看了就只會感到悔不當初。

「那個，魔史小姐……無須當作參考的內容就先跳過不提，可以請妳介紹一下較為實用的部分嗎？」

萊卡一臉疲倦地如此請求，畢竟先前那些內容算得上是離題了。

「好的好的。總分三十分左右算是最具公信力的，諸如主張節儉的米爾亨特、重視靈感的索托亨、容易害羞的萊卡、悲觀主義的南瑟提斯……」

「剛剛夾雜著一名無法裝作沒聽見的人物喔！」

方才分明有提到萊卡的名字。

「亞、亞梓莎大人，請先冷靜，萊卡這個名字算是相當常見，相信只是恰巧與我同名而已。」

魔史迅速翻到介紹該人物的那一頁。

「我看看喔。啊～此人住在南堤爾州，聽起來滿近的呢。關於此人的介紹是『畢業於紅龍女子學院，因為在茶館裡工作時經常表現得很害羞，於是被稱為容易害羞的萊卡，此人總是很有上進心』。」

「完全就是在說萊卡嘛！」

**「嗚哇啊啊啊啊！這是怎麼一回事？簡、簡直是莫名其妙！而且我才沒有自稱是世界三大賢者喔！」**

萊卡雙手掩面發出慘叫。我可以理解她的心情！

「嗯～～給出十分滿分的評審賢者寫下的點評是『大力推薦此人，我今後也會繼續支持』。」

「這擺明就是粉絲嘛！」

這本賢者大全的可信度對我而言是一落千丈。

「這種書都是這樣，裡頭會收錄非常多人，令賢者們想要掏錢購買。畢竟大全這種書的單價都特別高，確保銷量的策略就顯得格外重要。」

像這種關於出版社的內幕就別說了。

「比如說之所以會收錄那位怪怪社長，恐怕是出版社抱著該社長會霸氣買下十本左右，然後拿去分送給自家部下們的僥倖心態。」

**「容我說句真心話，麻煩參與製作這本大全的人別自稱是賢者好嗎？」**

總覺得這世界的居民基本上都特別貪財，而且最近特別讓我有這種感覺。

「不氣不氣，其中也是有一本正經的人。呃～～這位如何呢？介紹上寫著『絕食的茉莉雅柯，總分是34分，住於沙漠之中不斷重複絕食的柏油妖精』。」

氣氛忽然變得一本正經。

儘管柏油妖精聽起來頗令人在意，但我記得確實存在著天然柏油，就連地球上也是從古文明時期開始就被人拿來使用，因此不足為奇。

聽史忽然用力一跳，就這麼來到桌上。

「是嗎？你說『聽起來真不錯！』呀，那真是太好了。」

「關於史萊姆的跳躍，我看就只是傳達這類簡短的意思而已吧!?」

感覺與先前那些冗長的句子落差很大。

「我把剩下的簡介念完喔，『若想拜訪茉莉雅柯，請先洽詢她認識的妖精或沙漠經紀公司，為了避免干擾到她的修行，切勿在沒有預約的情況下直接前往』。」

「她明明是在沙漠接受絕食修行，為何還會與經紀公司有往來呢……？」

萊卡不解地歪過頭去，想想這是滿正常的反應。

「我相信是因為經常有突如其來的訪客打擾她修行，於是採取這種先跟經紀公司說一聲的方式，讓當事者得以維持修行的狀態。嗯，肯定是這樣沒錯！」

儘管我也抱有懷疑，可是並不想見到萊卡失望的樣子。
畢竟她很有上進心，能夠理解她對這位賢者頗感興趣。
聽史忽然高高跳起至幾乎快撞到天花板。
「你希望我幫忙問問看她們的意見吧。看你最近還真有活力呢。」
其實我也能看出聽史的意思，誰叫他很想去拜訪各個賢者。
既然萊卡也很好奇這位修行中的賢者，那我們就陪聽史一同去見見這名叫做茉莉雅柯的柏油妖精吧。
說起妖精——
首先就去向悠芙芙媽媽打聽看看。
對於擁有廣大人脈的悠芙芙媽媽而言，就算無法幫忙直接與對方取得聯繫，或許知道些什麼情報也不意外。

◇

我們與魔史道別之後，便直接前往悠芙芙媽媽的家中。
「柏油妖精？這個嘛～是位什麼樣的妖精呢？」
按照悠芙芙媽媽的反應來看，她似乎完全沒印象了。

「畢竟妖精都很長壽，數量也不計其數，因此不太可能全部記得。抱歉喔，悠芙芙媽媽，請教妳這種怪問題，我們就乖乖去聯絡對方所屬的經紀公司吧。」
「亞梓莎，妳不必為這種事向我道歉。等等喔，這裡有本書應該記載著她的事情。」
悠芙芙媽媽拿出一本名為《妖精大全》的書籍。
「原來妖精也有推出這類書籍！」
「啊～有了，上面寫著『柏油妖精，地屬性，原則上算是很不擅長交際』。」
結果只獲得非常膚淺的情報。
「很不擅長交際？這根本是在損人吧……」
「這也實屬無奈，畢竟這本書是妖精專門寫給妖精看的，沒有收錄在其中的妖精也不計其數。外加上這是百年前出版的書籍，而且從一千年前就不曾修訂過。」
我唯一敢肯定的一件事，就是妖精的個性都非常隨便。
「如此一來，表示暫時不太可能收錄法露法和夏露夏的資料囉。與其被人亂寫一通，倒不如沒被收錄進去還比較好。」
「明明我都被收錄在賢者大全裡，小法和小夏卻沒被刊登於妖精大全之中，這也太奇怪了吧。」

萊卡似乎還惦記著自己被人擅自寫進書中一事，並且對此相當不滿。

要是平常便被人稱為賢者也就罷了，偏偏萊卡的情況是無論本人、家人或當地居民都沒人提起過……

大概是發現萊卡顯得相當憔悴，悠芙芙媽媽特地做了肉類料理招待我們。

「這道在醬料中添加柳橙汁調味而成的肉類料理當真十分美味，微微帶甜的口味能讓人全身放鬆。」

「悠芙芙媽媽的料理吃起來很有家的感覺，令人像是回到老家一樣。」

「妳們隨時都可以回家坐坐喔。」

同行的聰史在宛如鍵盤般寫滿字母的布上來回移動。

他似乎想說些什麼。

「什麼什麼？『擁有母性與是否真的為人母親似乎不太有關聯』。這麼說好像也沒錯。」

畢竟世上好像並沒有與水滴妖精有血緣關係的存在。

聰史接著把話說下去。

「我看看喔？『百聞不如一見，相信前往沙漠見過對方之後就會知曉許多事情』。

說得也是，就去見見這位妖精吧。」

當然我是有此打算，畢竟聽史就是渴望與賢者相見。

在這之後，聽史在飛龍的載送之下返回魔族國度。

而它回程時也待在箱子裡。

原因是飛行途中跌下去將難以搜救，裝在箱子裡會比較安全。它這樣已不算是乘客，而是被當成貨品了吧……

◇

幾天後，我們前往沙漠經紀公司，向對方確認能否拜訪柏油妖精茉莉雅柯這位賢者。

接著又過了幾天，有一封信寄來高原之家，信中寫著適合造訪的日期，並希望我們帶一位魔法影音分享平臺的名人前往，然後一起合拍影片。

萊卡看完信之後，總覺得她的頭頂冒出三個左右的「？」。

「為何希望能有魔法影音分享平臺的人士一同前往？關於魔法影音分享平臺，使用者是以魔族為主，而且是提供影音服務，我完全不懂這與修行有何關聯。」

沒錯，魔族們利用死者國度的古代文明技術來從事類似啥 tuber 的活動。

儘管我家到現在仍會自動接收到影音，不過這東西可以自行決定是否要消音或直接取消播放，因此我們家中沒什麼人在收看。反倒是剛推出時會強制播放影音，吵得我們不得安寧，至少不像萊卡說的那樣，根本沒有所謂只是提供服務的概念。

「老實說我覺得這跟修行無關。就算妖精只是想要一個窗口而加入經紀公司，但由於經紀公司終歸是營利事業，因此才提出這種請求吧。」

倘若我是經紀公司的人，就會希望此事與工作互相掛鉤。

問題是突然提到魔法影音分享平臺一事——因為是經紀公司，可能多少對魔族們的交友關係有所掌握。畢竟人族這邊也有一定數量的收視群眾。

「反正為了帶聽史一塊去，還是得再到范澤爾德城一趟，就順便去問問看吧。」

既然每次保密到最後都會洩漏出去，這次就採取主動提出請求的方式來應對吧。

◇

我乘著萊卡前往范澤爾德城。

為了見聽史而進入城裡之後——

「姊姊大人～這件事請交給頻道訂閱人數排名第一的我吧！」

佩克菈已跟聽史做好上路的準備了。

**「甚至沒留給我一絲主動請求的機會！」**

「其實我也很無奈喔～誰叫那間沙漠經紀公司聯絡我說如果方便的話，希望能與這位以絕食聞名的賢者合拍影片。」

「原來是經紀公司早有安排了……」

此業界果真都很難纏，對方恐怕有仔細確認過魔法影音內容，從中發現我和佩克菈有些交情。

「現在我的頻道訂閱人數已達數百萬人囉！看我讓這位以絕食聞名的賢者變得更加出名！」

「妳的頻道訂閱人數增加到這麼多了啊！真的是好厲害呢！」

「那是因為魔法影音裝置的價格越來越親民，現在只需十五萬金幣左右便可入手。」

老實說這金額還是有點偏高，不過當成是購買電腦的話就不覺得貴了。

「原因是假如沒有魔法影音裝置，就沒辦法調整音量囉～」

「對啊！想當初那個音量大到能傳遍整間屋子，著實令人非常困擾！」

當然在沒有裝置的期間，就只能收看佩克菈分享的影音而已。

「另外……好像也沒聽說此賢者是只想靜靜在沙漠裡修行，不願變得太有名。八成是經紀公司希望她能更加受到矚目。想想還真複雜耶……」

既然這位妖精都特地前往沙漠過著隱士般的生活，很可能就是不太想受人關注，偏偏以經紀公司的立場肯定是想幫她打響名聲，這該如何是好呢？

「這部分我會好好拿捏的，倘若該賢者堅持不想露臉，我會尊重她的意見。畢竟我的頻道訂閱人數非常多，再怎麼說也不想炎上。」

沒想到此世界也出現炎上這個概念了。

我生活至今已有三百年，最近卻不禁覺得文明的發展速度越來越快。

◇

於是我、萊卡、聰史以及魔王兼人氣魔法影音創作者佩克菈就這麼乘坐飛龍，一同朝著柏油妖精靜靜居住的那片沙漠前進。原因是讓萊卡飛太久會害她累壞的。

當我們來到最接近沙漠的城鎮之後，便從該處改為騎乘駱駝。

雖然之前也有去過沙漠，兩處卻看起來截然不同。即使同樣都稱為沙漠，環境仍會因地點而異。

不過這片沙漠一樣是挺炎熱的……

「吶，聰史，你不要緊吧？應該沒熱到快融化吧？」

聰史的體型沒有大到需要獨自騎乘駱駝，所以我與它共乘一頭，並且讓它坐在我的前面。

看它做出左右搖晃身體的動作，大概是在說自己不要緊吧。

「亞梓莎大人，其實可以由我把各位載過去喔。」

萊卡是氣候越熱就越有精神。

「因為對方是過著隱居的生活，如果見到一頭巨龍登門拜訪，難保會引來不悅。而且對方的脾氣或許很古怪，所以還是謹慎點比較好。」

畢竟這趟行程的事前準備還頗費時，因此我想盡量避免惹怒對方。

「再加上距離沒有遠到無法乘坐駱駝前往。」

聰史似乎對沙漠感到很新奇，沿途它不斷東張西望地觀察四周。

在沙漠中移動約莫兩個小時後，前方能看見一棟小小的石造建築。

「以絕食聞名的隱士就住在那裡吧～」

佩克菈完全就是一副來觀光的態度。

「周圍也沒有其他建築物，相信應該就是那間了。」

聽史在駱駝身上不停蹦蹦跳跳，看來它現在非常興奮呢。

那麼，對方究竟是個什麼樣的妖精呢？

我們停下駱駝，上前敲了敲石造屋子的門。

「那個～請問這裡有住著一位隱士嗎？」

門隨即被打開。

「嗯，貧僧便是柏油妖精茉莉雅柯。」

一名短髮的女妖精前來應門，或許是在沙漠中過著隱士般的生活，她的穿著打扮十分樸素。

「我們是——想想機會難得，這裡就交由聽史來代表我們說話吧。」

我把狀似鍵盤的布鋪於地面。

聽史立刻在布上跳來跳去。

「喔～～閣下想觀摩沙漠的隱士是如何生活呀。既然如此，就來欣賞貧僧絕食時的樣子吧。」

© Benio

絕食嗎？

對吼，這位隱士是以絕食聞名。

不過絕食這種事情，應該無法像街頭表演那樣立刻展示於他人面前才對……

必須待在一旁觀察好幾週，過程恐怕會非常枯燥乏味吧？

對方截至目前表現得非常沉穩，看似是個名副其實的隱士，感覺可以信賴。

萊卡對這場會面也相當期待。就某種角度而言，高原之家就建築在與都市塵囂無緣、堪比修道院的地點。至於萊卡的生活方式，也算得上是與僧侶無異。

**※之前曾與夏露夏聊起這件事，她卻以「媽媽，妳說的那種修道院確實最廣為人知，不過修道院能按照地點區分成偏僻型、田園型以及都市型三大類型，位於清幽之地的就只有偏僻型。另外，昔日的修道院是供一般民眾修行而非僧侶」上述言論糾正我的觀念，無奈內容複雜到令人一頭霧水，因此我決定把萊卡當作是僧侶那類的存在。**

就在這時，突然傳來十分不適合現場氣氛的洪亮嗓音。

「大家好～！我是肚子餓到咕嚕嚕，內心也飢渴到咕嚕嚕的普羅瓦托・佩克菈・埃莉耶思～！今天也會為大家帶來有趣的內容！請各位觀眾多多指教～！」

簡直跟啥 tuber 開播時的氛圍如出一轍！

「等等！佩克菈！妳稍微看一下現場氣氛！好歹打完招呼再開始錄影！」

「咦～？這類節目最講究的就是真實感喔。那麼，今日我們來到以絕食聞名的隱士家中！不知她在絕食方面有何特別之處呢？如果可以的話，我是希望能打聽到有益於減肥的方法啦～」

當我還很納悶佩克菈為何要以正在拍攝節目的口吻說話時——

只見武史小姐站在相隔一段距離的地方，拿著一臺奇怪的魔導器對準這邊！

那東西十之八九具有類似攝影機的功能吧……比起這個——

「妳是何時跑來這裡的!?武史小姐！」

「我也完全沒察覺到她的氣息……假如她是透過武術辦到這點，當真是擁有非常高竿的技巧……」

萊卡不禁表示佩服，事實上我也全然沒發現她。

「咦？因為有許多事情需要準備，所以武史小姐是搶在昨天就過來了。」

原來是早就已經在這裡罷了！

話說剛剛提到搶這個字……類似於業界的術語嗎？差不多就是抓緊時間的意思吧。

「喔～稀客稀客……閣下便是大名鼎鼎的佩克菈小姐吧。希望等等能幫貧僧簽名。如此一來，貧僧也非得展現出絕食的能耐不可。」

根據字面上的意思，佩克菈是以影音創作者的身分廣為人知，而非因為她是魔王喔……

「過著隱居生活卻還向人討要簽名……？這請求聽起來略顯俗氣……」

萊卡露出狐疑的表情。

啊、總感覺她臉上那張隱士的面具即將被拆穿了。

「那麼，貧僧已在隔壁房間做好絕食的準備，可以馬上為各位展示！就請大家一睹貧僧漂亮戰勝食慾的風采！」

茉莉雅柯邁步走向隔壁房間，我們便尾隨在後。

「絕食需要做什麼準備？」

「這我就不太清楚了，亞梓莎大人。」

當我們走進隔壁房間——

發現桌上擺滿了堪稱是滿漢全席的各種精美料理！

「這也太豐盛了吧！哪裡像是要絕食啊！」
我率先開口吐槽。
「雖然我對絕食不太瞭解，但應該就是只能仰賴麵包、水以及鹽巴過活，要不然就是僅憑稀少的樹果來果腹才對吧？反觀這些料理是五花八門又精緻奢華！」
「啊、真不愧是姊姊大人，簡直吐槽得太犀利了！而且還非常流利！」
佩克菈針對奇怪的地方對我大肆誇獎，無奈她已經離題了，所以我決定直接忽視。
「不不不，若是各位有所誤解可就傷腦筋了，貧僧接下來確實要開始絕食。」
只見茉莉雅柯拉開椅子，在擺滿佳餚的桌子前坐下來。
「即便美食當前，貧僧也會忍住三小時不吃任何東西！這就是貧僧的絕食修行！」
「這也太浪費了吧！」
怪不得要花很多時間準備，而且擱置三個小時之後，這些美味的料理就全都放涼了——等等？
她剛才有提到三個小時吧……？我應該沒聽錯才對。
「難不成三個小時一到，妳就會把這些全吃光嗎……？」

「這是自然，畢竟倒掉這些特地準備好的食物就太暴殄天物了。心懷對上天的感謝將料理吃得一乾二淨，才算得上是正確的生活方式。」

「既然如此，打從一開始別準備任何料理就可以了吧！」

「哎呀～！這一道道的料理看起來都十分可口呢～！連我也忍不住想嘗嘗看呢。」

佩克菈徹底以魔法影音創作者的語調說話。

此時，武史小姐又端來一盤菜放在桌上。

「咦？這是給我吃的嗎？謝謝♪」

於是佩克菈就當著隱士面前開始大快朵頤。

「嗯♪吃起來與魔族的風味不太一樣，卻同樣很美味呢～♪」

看這情況，武史小姐八成正在用那臺神祕的魔導器拍攝。

另一方面，位於桌子另一頭的隱士茉莉雅柯則是咬緊牙根。

「閣下吃得真是津津有味！不過絕食才剛開始！一旦進食就等於修行失敗！撐住，貧僧必須堅持住！」

**「這是哪門子的鬧劇啊！」**

「只要再堅持三個小時，貧僧就可以大啖美食！空腹便是最好的調味料！在此之前必須忍住才行！」

「妳果然一過三個小時就會開吃吧！這樣根本算不上是絕食啊！」

「這是值得紀念的第一千次絕食！貧僧是不會輸的！」

這句話莫名讓我聯想到前世之中，曾聽見無法戒菸太久的人恭喜自己說「成功戒菸第七次」之類的話語……

畢竟是我們擅自找上門來，所以好像沒資格抱怨對方是個怪胎……

我不禁擔心起萊卡與聰史，尤其是聰史會不會大失所望。

我望向萊卡，發現她的表情冷若冰霜。

啊……那表情與其說是失望，不如說是已經看開了。

「亞梓莎大人，一個人想充滿智慧地活在世上是非常困難的，原因是只要稍有一絲傲慢的想法，就會從賢者淪為愚昧之人，看來做人得小心別驕傲自大。」

萊卡一臉心灰意冷地說出感想。

「我認為眼前之人的問題比妳說得還要嚴重……但確實得時時這麼提醒自己。」

我決定了，打死我都絕不會對外宣稱自己是偉大的魔女。

對了，聰史對此又有什麼反應呢？

該不會失望到當場融化了吧……

聰史在與我對視（？）後，開始在鍵盤狀的布上移動。

「什麼什麼？『藉由破戒來展示修行，真叫人好奇呢』……你會不會過度高估對方了……？」

聽史繼續在鍵盤布上來回移動。

看它的動作相當輕盈，似乎沒有覺得傻眼的樣子。

「『放心，我並沒有因此感到失望』……好吧，我願意相信你說的話。」

想想聽史與我的生活方式截然不同，因此我完全無法體會它的感受。既然它都表示不必擔心了，我也無須過度糾結。

話說回來，聽史似乎看出我們大感傻眼的心情，並明白大家確實會產生這類感受，卻還是對眼前的狀況感到十分好奇。

它可能是覺得即使遇見腦袋有洞的隱士，依然有值得學習的地方也說不定。

畢竟這不失為一種寶貴的經驗。

當佩克菈吃完自己的餐點之後，武史小姐又端來一份狀似相當滾燙的料理。

「魔王陛下，下一道菜是隱士小姐最愛吃的石鍋焗菜，能看見上頭的起司仍滋滋作響。」

順帶一提，魔導器目前是放在桌上，採取定點的方式拍攝。考量到武史小姐是獨力扛起攝影師和導演的職務，令我覺得她的確是非常敬業。

「這道菜看起來也很美味呢～♪隱士小姐，請分享一下妳現在的感受♪」

「嗚哇！貧僧好想邊吃邊享受那燙嘴的感覺！不過貧僧乃是修行之身！在剩下的兩個半小時裡會堅持繼續絕食！唾液啊，不必再流出來了！大腦啊，無須再思考了！」

這兩個人倒是挺樂在其中的……？

「啊、這起司融化得恰到好處♪而且在絕食之人的面前品嘗焗菜，簡直就是一大享受！讓人不禁覺得美味度比以往高上三倍！」

這種感想也太邪惡了！就某種角度上而言的確是魔王！

就在此時，佩克菈將目光移向魔導器，對準鏡頭說：

**「各位，這就是所謂的愉悅喔。」**

我不禁在腦中浮現出以粗體字顯示「這就是所謂的愉悅喔」這句話的畫面，而且說話聲還會追加回音效果。

在這之後，武史小姐也為我和萊卡分別送上一份焗菜。

「請用，畢竟二位在攝影期間也閒來無事。」

居然已經直接使用攝影二字了……不過她們是有明確的動機才來見隱士……

話說似乎因為焗菜非常美味，萊卡的心情變好不少。

人只要吃下美食，基本上不太會有壞心情。

「武史小姐，這道焗菜是妳做的嗎？」

萊卡對於製作出美味料理之人都會抱持敬意，感覺她是會把廚師請來道謝的那種人。

「對呀，畢竟隱士的家位於沙漠之中，基本上只存放一些不容易變質的食材，而起司恰好就屬於這類。」

雖說此處難以添購物品，但又挺令人懷疑茉莉雅柯到底有沒有好好修行……

後來，佩克菈舀起一匙狀似布丁的甜點，移至隱士的嘴邊說：

「我來餵妳吃，啊～～這甜點很好吃喔～♪」

「貧僧不吃！一旦入口將導致絕食立刻失敗！」

就說決定勝敗的時限也太短了吧！像這種短短幾小時的絕食大多都有辦法達成喔！

接下來，佩克菈開始在餐桌上製作料理。

「這道菜的關鍵就在於盡可能多加點辣椒。至於住家附近沒有產辣椒的人，請乘坐飛龍設法取得喔。」

只見她接連把辣椒丟進鍋子裡。

身處在同個房間裡的我和萊卡都被嗆得兩眼發疼……

「亞梓莎大人，我現在眼淚流個不停！原來還有這種攻擊方式呢！」

「我曾聽說過辣味並不屬於味覺，而是通過痛覺刺激造成的，不過這也太折磨人了！」

隱士同樣淚流滿面。

「儘管這令人很痛苦，卻不會讓人冒出想吃的念頭！好，只剩下一半的時間！看貧僧就這麼撐到最後！」

我快搞不懂現在是什麼情況了！

雖然後半段竟祭出頗整人的企劃，內容是依序端出五道隱士最愛吃的料理，但隱士很正常地熬過去了。其實一般而言都能堅持住，反倒是三兩下就投降的情況還比較少見。

但在面對最後一道菜時，隱士用雙手遮住眼睛。

「一旦看見就會被勾起食慾！因此只需眼不見為淨！貧僧豈能被這點小事擾亂心

智！看貧僧展現出如明鏡止水般的心靈！就此完成絕食修行！」

我看妳的內心已被打亂到掀起驚濤駭浪吧！

「俗話說美食當前，唾液便會自然流出，貧僧今日是切身感受到了。」

這簡直就是廢話，完全不會讓人感到佩服。

「那個，佩克菈小姐，能否請閣下聊聊天來協助貧僧轉移注意力呢？」

「隱士小姐，絕食只不過是一種自我滿足，和妳現在馬上開始大啖美食滿足食慾是毫無區別喔～♪」

真不愧是魔王，竟如此擅長這種惡魔的呢喃！

只對隱士本人無比煎熬的這場絕食修行，宣告結束的那一刻即將到來。

「那麼，只剩下最後的五秒鐘！五、四、三、二、一、零！絕食成功！恭喜妳喔！」

「貧僧又再次達成絕食了！」

隱士擺出勝利姿勢，但一般隱士不太會擺出這種姿勢。

「那貧僧開動囉！好吃，好吃，好吃！」

隨後她便狼吞虎嚥地吃起東西。

「那麼，本次的影片到此結束！各位觀眾請記得要訂閱頻道喔♪」

武史小姐按下魔導器上的其中一個按鍵之後，發出的亮光便隨之消失。
「呼～辛苦妳了，隱士小姐，這下妳的名字很快就會廣為人知囉。」
「好的，真是感激不盡，相信沙漠經紀公司也會很開心的。」
隱士恭敬地向佩克菈鞠躬道謝。
「如果這支影片大獲好評的話，下次我打算來玩個遊戲，就是在各種喜歡吃的料理之中，追加一道自己最不喜歡的料理，然後猜出對方最不喜歡哪一道菜，妳覺得呢？」
「啊～嗯，這樣啊……」
咦，隱士的反應莫名冷淡。
難道她是只有在拍攝期間，性情會變得截然不同的那種人嗎？
相傳有不少藝人平常都很陰沉，唯獨上節目時才變得特別開朗。
接著隱士似乎相當感嘆地喃喃自語。
「唉……做這種事當真有意義嗎……？不，根本沒有。」
隱士此時露出的表情，與萊卡先前那副心灰意冷的模樣如出一轍。
聰史在鍵盤狀的布上來回移動。

組成的句子是「果然如此」。

咦？難道聽史早已看出端倪了？

隱士來到聽史身邊，一屁股坐在地上。

「聽史閣下，您肯定覺得貧僧很可笑吧？其實貧僧也如此認為，偏偏外界又覺得這樣的內容十分有趣。」

萊卡呆若木雞地提問說：

「那個，恕我冒昧請教一下，所以方才那些全是逢場作戲嗎？」

「沒錯，龍族賢者閣下。」

原來賢者有認出萊卡的身分。

「快別這麼說，我並不是那樣的大人物……比起這個，您為何要做這種事……？」

聽史在鍵盤布上迅速移動組成話語來代替隱士回答。

簡言之便是以下內容。

●在魔族的文獻裡，有提到一名自稱是柏油妖精的知名隱士。

●但無論是哪本古老文獻之中，從某時期起就再也沒有關於該妖精的紀錄。

●大約在近一百年來，有個自稱是柏油妖精之人的名字出現在沙漠經紀公司旗下藝人的名單裡。

**●無法確定是其他人自稱為柏油妖精，或是柏油妖精本人決定轉換人生目標。**
**●我就是想確認這點。**
**●如今確信是柏油妖精本人。**

萊卡一臉認真說：

「因此這位妖精原本就是赫赫有名的隱士呀！」

隱士茉莉雅柯嘆了一口氣。

「一旦貧僧承認，就等於在炫耀自己十分出名。況且所謂的隱士並不應該廣為人知，那樣的話就只是沽名釣譽。」

這句話說得很有道理。

「貧僧長年以來都在這片沙漠裡過著隱姓埋名的生活，期間有不少人主動橫跨沙漠來聽貧僧一言，可是此情況令貧僧冒出一個疑問。」

「這個疑問是？」萊卡繼續追問。

因為萊卡對這種事很感興趣，所以不太需要由我來發問。

「分類接近土壤和沙子的柏油妖精生活於沙漠之中並不奇怪，令貧僧認為自己根本算不上是什麼隱士。」
「對耶！」」
我與萊卡異口同聲地大喊。
比方說海洋妖精就不會住在沙漠裡。
「常有人對貧僧一直住在沙漠裡表示佩服或讚嘆，但貧僧就只是依照自己的方式生活，偏偏外界莫名高估貧僧，令貧僧感到相當慚愧……」
我能理解這種世間評價遠超出自我評價而感到困惑的心情，畢竟我也有著類似的經驗。
「於是為了重新審視自我，貧僧開始遊歷全國，不過此舉就只是出外流浪，並沒有讓貧僧得到任何收穫，最終貧僧在百年前左右回到這片土地，此時恰好有一名經紀公司的職員來拜訪貧僧。」
她的生活方式比我想像得更為壯闊。
「經紀公司職員對貧僧說『在今後的時代裡，隱士也必須開始重視與社會之間的聯繫，請問您是否要成為敝公司的藝人呢？我們能代為處理想與您會面的預約安排』。」
「那幫人肯定是嗅到商機才會跑來接觸。我一聽就知道了。」
武史小姐自信滿滿地說著，確實依她的個性肯定能猜出來。

「此提議本身不壞，原因是有越來越多人認定貧僧是隱士而前來造訪，不管是隱士或一般民眾，面對不請自來的客人總會感到厭煩吧。由於貧僧很想限制訪客人數，再加上這樣能夠以『請先向經紀公司洽詢好嗎？』這句話輕鬆回絕對方，因此貧僧才同意加入經紀公司。」

起先我覺得隱士與經紀公司這兩個名詞很難湊在一起，不過聽完解釋之後就不再這麼認為了。

「但是沒為經紀公司帶來好處又令貧僧感到慚愧，另外貧僧打算在這幾十年間嘗試轉型，於是做出那樣的事情。」

我戳了戳萊卡的肩膀。

「吶，萊卡，看來悠芙芙媽媽家中的那本書並沒有寫錯。」

「話說回來，那本書裡提到柏油妖精不善交際。」

因為剛來這裡時，柏油妖精的態度十分開朗才讓我忘了這件事，不過她原本應該是想盡量避免與人交流。

「所以才會透過絕食的方式來打響名聲呀～」

佩克菈咬了一口麵包如此說著。她明明熟知餐桌禮儀，現在卻明目張膽地邊吃東西邊說話。

「正是如此。儘管貧僧在很久以前曾經光靠麵包、水還有鹽巴生活過五十年左右，但那又怎樣？食物吃得少就很偉大嗎？倘若真是這樣，昔日那些因饑荒而餓死的災民都成了大賢者吧。一想到這裡就覺得好蠢，所以貧僧現在是維持正常的飲食生活。」

原來如此，表示這位賢者嘗試過各種生活方式囉。

「只不過——」

隱士重重地發出一聲嘆息。

「貧僧對現在的生活方式感到無比空虛，就算宣布自己完成一百次或一千次絕食，那又有何意義……？這種事聽起來很有趣嗎？」

「要是認真看待搞笑題材的話，十之八九都會覺得無聊喔！」

這部分老實說挺複雜的，我認為不能以輕蔑的態度去看待流行事物。

畢竟享受流行事物的人，大多都知道這只會持續一陣子而沉浸於其中才對……

此時，隱士從座位上起身。

「那麼，聽史閣下，光聽貧僧的牢騷肯定很沒意思，就來聊點別的吧。接下來請隨貧僧前往地下室。其他人也別客氣一塊來吧。」

想說機會難得，我們也跟著走向通往地下室的階梯。

此處是——裝滿各種書籍的書庫！

不過聽史變得很奇怪。

它開始四處亂跳。雖說它平常就會跳來跳去，但現在它是在室內不停亂撞，就這麼彈來彈去。

類似於一顆往狹窄房間裡卯足全力投擲出去的彈力球。

啪啪啪啪啪啪啪！

聽史接連用力撞向牆壁，發出刺耳的聲響。

「聽史它是怎麼了？」

「喔～聽史閣下真是個內行人。其實這些主要都是古人留下的書籍或抄本，或許有些書是聽史閣下沒看過的。」

隱士也顯得有些開心，大概是因為遇到知音吧。

我將目光移向佩克菈。

畢竟機會難得，就讓他們有一些單獨聊聊的時間吧。

佩克菈朝著我點了個頭。

© Benio

嗯，看來她看懂我的意思——

**佩克菈不知為何閉起雙眼，逐漸將臉湊向我！**

「暫停暫停！妳別擅自曲解別人想表達的意思！」

「咦咦？姊姊大人不是想和我進行姊妹之間的親吻嗎？」

「這怎麼可能嘛！更何況此舉也不合時宜吧！誰會在眾目睽睽之下做那種事！」

與此同時，萊卡杳無聲息地擋在我和佩克菈之間。

「佩克菈小姐，不許這麼做喔，這是不被允許的。」

我從這裡無法看清楚萊卡的表情，但她似乎是笑臉盈盈地說出這句話，畢竟多少能透過語調來猜測當事者的神情。

不過面露微笑說出這種話反而更嚇人。

「唔……再這樣下去八成會令情況變得很複雜，眼下就由我先讓步吧……」

佩克菈隨之拉開距離。居然能逼退魔王，萊卡也變強了呢。等等，這好像與變強無關吧？

在我們上演鬧劇的期間，隱士和聰史正討論著相當專業的話題。

「市面上雖有傳記作者寫下的聖達利瑟索傳記，但那其實是假的。確切說來是把另一位年代更久遠的古人的前半段人生經歷拿來套用。」

聽史原地跳了兩下。

「至於亞爾瑟吉克的五十道戒律，也是在當事者過世兩百年之後，有人假借他的名義撰寫出書。畢竟該年代的資料裡完全沒有關於戒律的評論，不難讓人看出是造假。」

聽史跳了兩下，接著高高跳起一下。

「仁丹女神的誠實典禮書也幾乎能肯定是造假。」

聽史跳了兩下，然後又跳了兩下。

怎麼全都在討論造假的書啊！

雖然我完全無法理解這種話題到底是哪裡有趣，不過看聽史表現得如此有朝氣，它應該是覺得很有意思吧。儘管乍看之下是隱士單方面在說話，但他們確實有在交談……大概吧。

在這之後，我們接受隱士的款待。

眼前的盤子上裝著一坨狀似沙子的東西。

「那個，如果可以的話，希望能換成食物……」

就算京都人有著用茶泡飯招待訪客就是想趕對方回家的習俗，但好歹端來的仍是食物。

「這是以隱者在沙漠生活為靈感開發出來的商品，乍看之下就像是沙子的砂糖。」

「開發商品的創意出乎意料還滿糟的！」

像這種黑漆漆的沙狀物只會讓人覺得是沙子。

我稍微舔了一口，的確帶有甜味。

「嗯～聰史閣下不愧是世界三大賢者，當真是博學多聞呢。」

茉莉雅柯態度沉穩到與方才挑戰絕食的她簡直是判若兩人。

確實具有活於世上很長一段時間之人的氣度。

但以梅嘉梅加神為代表，由於我也見過許多根本不具備長壽之人應有氣度的例子，因此這可能算是我的偏見吧。

「在見到聰史閣下之後，貧僧忽然覺得果然不該勉強自己，繼續以一名隱士的方式率性活於世上會更好也說不定。就這麼以一坨柔軟物體之姿，彷彿路邊沙塵般靜靜地待在一處。」

單純因為它就是一隻史萊姆吧……

「貧僧認為自己不該只過著隱士般的生活，於是以絕食為賣點來塑造形象，不過現在是時候該結束了。貧僧就變回過去那樣，以柏油妖精原來的姿態隱姓埋名地生活在此吧。」

啊，收錄在《世界三大賢者大全》裡的這個人，在見到其他賢者之後似乎想通什麼了。

「貧僧就繼續利用柏油的黏性，將各種東西拼接起來吧。」

「妳這麼做會再次因為行為怪誕而廣為人知，建議妳換個方式會比較妥當……」

黏稠的天然柏油確實經常被人當成黏著劑，但問題是使用過度的話，我覺得會被冠上「黏答答小姐」之類的綽號。

「總之貧僧決定別想太多，輕輕鬆鬆地活在世上，畢竟堅持當個隱士是毫無意義，刻意擺脫隱士之名同樣是一點意義也沒有。」

萊卡也輕輕地點了個頭。

想想萊卡具有求道者的特質，在目睹他人擺脫迷惘之後，或許從中得到些許的勇氣吧。

此時忽然傳來一聲大叫。

「這樣太可惜了！」

武史小姐從座位上起身放聲吶喊。

然後快步逼近隱士。

「此、此話怎說……？」

「您目前靠絕食隱士的形象賺了不少錢吧？明明大獲成功卻急流勇退就太可惜了！若是沒有抓緊機會海撈一筆，等到日後才懊惱當時怎麼沒多賺點錢也已經於事無補囉！」

以上發言當真很有武史小姐的風格！

「可是貧僧對錢財並沒有多少眷戀……」

「賺了錢沒有想立刻花掉也無所謂！重點是在過了一百年或兩百年之後，可能會出現您想買的東西也說不定！比方說發現一本傳說中的罕見書籍！到時手邊沒錢的話，就只能眼巴巴看著它被人買走！這世上終究存在著沒錢就無法解決的事情！」

這番言論乍聽之下很有道理。

事實上隱者被堵得啞口無言。

按照此人的學識，本該能夠一語道破那些不切實際的歪理。

「像我身為武術家，也曾多次懷疑自己為何要以工作人員的身分來此協助魔王陛下拍攝魔法影音，不過多多接觸各種工作將更有利於轉換跑道，所以我才站在這裡！」

原來當事人也曾經自我懷疑過！

「假如您追求率性而為的生活，就不要主動放棄，而是該堅持到觀眾開始厭倦您！反正遭世人厭倦之後就會被逐漸淡忘。如此一來，您也能重拾隱士的生活呀！」

「這番話好像有點強辭奪理吧？」

「我只是主張能賺錢的時候就該多賺點而已！」

在武史小姐的進逼之下，隱士被嚇得後仰身子，接著緩緩地開口說：

「……好吧，貧僧就繼續扮演經常絕食的怪胎隱士吧。」

武史小姐臉上浮現爽朗的笑容。

「這樣就對了。」

她竟然成功駁倒偉大的隱士……

◇

幾天後，佩克菈採訪絕食隱士的影片公開在魔法影音分享平臺上。

因為相較於佩克菈以往的影片，這次的播放次數十分突出，根據風之妖精捎來的消息，前去拜訪隱士的觀光客似乎變多了。

至於上述傳聞，是我去造訪悠芙芙媽媽家時得知的。

「我看過那部影片囉，這才想起柏油妖精長得什麼樣子呢～話說當時確實有這麼一名妖精呢～」
聽起來就像是看見學生時代的同學不知何時跑去當藝人的反應。
雖然無法肯定這位隱士是否過得幸福，但假如不滿意的話，大可採取離開經紀公司等各種解決方法，所以也沒啥好擔心的。
倘若真為此感到煩惱，隱士可以在見到聰史時大吐苦水。反觀聰史也知道隱士的住處，相信它偶爾會撥空去拜訪對方的。
「啊、對了，我幫悠芙芙媽媽帶土產來囉。」
「喔～是什麼呢？」
我遞出一袋裝著看似沙子的東西。
「這是住於沙漠的隱士負責構思製成，看起來很像是沙子的砂糖。」
悠芙芙媽媽收下砂糖後，立刻做了一道甜味煎蛋卷招待我。

完

# 誰是犯人!?
# 名偵探法露法&夏露夏事件簿

Morita Kisetsu
森田季節
illust. 紅緒

※本短篇是以第 3 片劇情 CD（第 9 集限定特裝版附贈的劇情 CD）為基礎增修而成。

## ●第0幕

### 亞梓莎走進高原之家的廚房

亞梓莎「唉～只為了取水而往返於製藥室與廚房之間還真麻煩～下次乾脆先把水備好算了……」

亞梓莎「話說回來，今天的飯廳特別安靜，想想家裡好久沒像這樣空蕩蕩的了。」

亞梓莎「記得羅莎莉是前往納斯庫堤鎮，其他人又是跑哪去了？」

哈爾卡拉「嗚～……噗呼～…………」

亞梓莎「咦，誰在那裡？」

**亞梓莎扭頭觀察周圍**

哈爾卡拉「嗚～……好痛喔～…………」

亞梓莎「呀——！哈爾卡拉被壺砸中頭部昏倒了！」

**法露法與夏露夏聽聞尖叫聲而趕了過來**

法露法「發生什麼事了!?媽咪！」

夏露夏「聽起來好像出大事了。」

亞梓莎「啊、法露法！夏露夏！大事不好了！哈爾卡拉似乎被人用壺從背後襲擊……」

法露法「哈爾卡拉小姐……這、這真是太過分了！」

夏露夏「看情形的確很像是遭人用壺從背後襲擊。」

哈爾卡拉「嗚嗚……救、救咪啊……」

**靈光乍現的音效**

夏露夏「這是——人家嗅到一股發生命案的氣味。」

法露法「夏露夏，這起命案就交給我們來偵破吧！我們一定能夠像這本書一樣漂亮破案的！」

夏露夏「啊、姊姊，妳手上那本書是……《名偵探——點心鋪的孩子》！」

法露法「沒錯！這部大受歡迎的系列作，就是點心鋪的孩子成功偵破多起發生於城鎮裡的命案，最後總能從父母手中收到點心當作獎勵！」

亞梓莎「真是一部不知是血腥向還是兒童向的作品……」

夏露夏「夏露夏當然也有看過，其中又以點心鋪員工接連神祕死亡的『過硬餅乾事件』最為出色。」

法露法　「在揭露犯人的手法是行凶後將餅乾通通吃下肚時，當真很令人震驚喔～」
亞梓莎　「明明破案的獎勵就是點心，還把點心拿來當成凶器會很不妥吧……」
法露法　「就讓我們像這本書一樣揪出犯人吧！」
夏露夏　「收到了。對於外表看似小孩，智慧卻已達大學生程度的我們而言，理應有辦法破案才對。」
亞梓莎　「嗯，妳們這句話的確完全屬實……那或許真能找出答案也說不定。」
哈爾卡拉　「拜、拜託先幫我……施展恢復魔法……」

**播放標題名稱**

## ●第1幕

亞梓莎　「呼～……我已經先幫哈爾卡拉施加恢復魔法了，她目前人在床上休息。」
萊卡　「幸好哈爾卡拉小姐沒有大礙，真的是太好了。不過我剛才有進過廚房，沒想到竟然發生這種事……」
亞梓莎　「這樣呀。其實哈爾卡拉恰巧倒在桌子旁的死角處，所以不太容易發現她。相信她等等就會清醒過來，現在就先讓她好好休息吧。」

別西卜「聽說她是被人用壺攻擊後腦杓，問題是究竟誰會做出這種事情呢？」

亞梓莎「現階段還不清楚犯人是誰。」

萊卡「或許做出如此卑劣行徑的人就在我們之中，不過光是必須這樣懷疑自家人，我就感到很難過……」

別西卜「就是說啊。重點是為何偏偏拿小女子送的壺當成凶器!?這裡明明有平日常用的鍋子或花瓶等東西不是嗎!?還真會給人添亂耶！」

亞梓莎「妳居然是為了這件事在生氣！」

別西卜「小女子當然有權生氣！這名凶手是哪來的惡魔嗎!?竟敢把魔族的善意拿去做壞事！」

亞梓莎「吶，妳現在是希望我幫忙吐槽嗎？」

法露法「請各位保持肅靜！」

亞梓莎「咦？咦？法露法，難道妳已經掌握到什麼線索了嗎？」

別西卜「既然是寶貝女兒想說話，小女子自然會立刻安靜，乖乖洗耳恭聽囉～」

亞梓莎「就叫妳別那樣稱呼法露法與夏露夏，她們可是我的女兒喔。」

別西卜「妳像這樣一次霸占兩人就太貪心囉。」

亞梓莎「若是礙於這點就拆散兩人的話也太可憐了吧。像妳這種沒為孩子著想的人，休想我會把孩子們交出去！」

別西卜「所・以・呀，小女子願意將兩人一起帶走！」

亞梓莎「所・以・呀，妳想得美啦！」

**一段時間後**

夏露夏「…………各位整整花了十五秒才終於安靜下來。」

亞梓莎「總覺得經常能聽見學校校長在朝會時說這種話……」

夏露夏「這是登場於《名偵探——點心鋪的孩子》裡學校老師常講的臺詞。」

亞梓莎「原來還真的是出自學校老師之口呢。」

夏露夏「順帶一提，該老師於第二集遭人用一大塊砂糖重擊而死，然後犯人為了湮滅證據就將那塊砂糖吃掉。」

亞梓莎「這部推理作品怎麼老是使用把凶器吃掉來湮滅證據的手法啊……」

法露法「大家聽好囉！哈爾卡拉小姐是被人從背後用壺攻擊頭部。」

夏露夏「以現場的狀況來研判，只可能是高原之家裡的某人動手行凶，理由是高原之家在案發當時是處於密室狀態！」

亞梓莎「等等，門當時是開著的，並不能稱為密室。」

法露法「媽咪，因為密室殺人聽起來比較帥氣！」

別西卜「沒錯沒錯，法露法說得很對。」
亞梓莎「居然趁亂把自己定位成超疼孩子們的阿姨……」
法露法「對於這個離奇事件，法露法和夏露夏會漂亮破案的！」
夏露夏「請稱呼我們為名偵探法露法&夏露夏。」
萊卡「妳們正在玩偵探遊戲嗎？」
法露法「這不是遊戲！而是真實案件！」
夏露夏「人家願意賭上所有無名史萊姆的名聲，發誓會找出真相。」
亞梓莎「既然是無名的史萊姆，也就無法賭上名聲了吧？」
法露法「媽咪，這些瑣事就別計較囉。」
夏露夏「沒錯，正所謂有好結果就皆大歡喜。」
亞梓莎「總覺得對於偵探而言，這部分不能含糊帶過吧……」
法露法「總之這件事就交給我們吧！」
夏露夏「我們想揭開被隱藏的真相。」

**法露法N旁白「於是法露法我和夏露夏將臥室當成偵訊室，把嫌疑人依序叫進房間問話。」**

## ●第2幕

### 偵訊嫌疑人①　別西卜小姐
### 法露法與夏露夏　將別西卜傳喚至臥室

別西卜　「法露法～夏露夏～小女子要進去囉～喔、桌子就擺在房間中央，桌上還放了一盞檯燈，的確很像是偵訊室呢。」

**別西卜　就座**

法露法　「首先想聽聽別西卜小姐妳的說法。」
夏露夏　「老天爺可是全看在眼裡，希望妳能誠實回答。」
別西卜　「身為魔族，老實說小女子不太相信那些神鬼之說，不過這句話說得很好，小女子會全面配合妳們的！」
別西卜　「對了！魔族有著偵訊時會給犯人吃豬排杜恩的習俗，需要小女子做給妳們吃嗎？順帶一提，杜恩一詞有著沙漠的意思，藉此警告犯人已經無處可逃了。」
法露法　「別西卜小姐，此次就無須這麼做了。」
夏露夏　「因為我們想認真搜查犯人。」

別西卜「唔、嗯……明白了，小女子會認真配合的。」

法露法「那我們趕快開始囉。別西卜小姐，可以請妳說說被當成凶器襲擊哈爾卡拉小姐的那個壺嗎？」

別西卜「嗯，那個壺是小女子帶來的禮物。它叫做哀嘆之壺，若是把耳朵貼在上面，能聽見宛如死者從深淵發出的可怕聲音。另外壺本身是金屬材質，所以即使砸過哈爾卡拉的頭也不會破損。」

夏露夏「夏露夏對此有個疑問。為什麼妳要送這種沒品味的壺當成禮物？」

別西卜「沒品味……!?這對魔族來說可是能招來好運的東西，相傳死者的聲音可以驅趕壞人，因此能用來驅邪避凶，並非小女子的品味很差喔！」

法露法「原來如此，並非品味差才送那個壺——好，人家寫入筆記中了。」

別西卜「喔～有好好做筆記呀，妳們很棒喔～」

夏露夏「下個問題。我們想確認一下那個壺的攻擊力是多少。」

別西卜「咦……那個，以攻擊力來形容壺好像不太對耶。畢竟壺並不是用來打人的東西，所以小女子不知道它的攻擊力被設定成多少。」

法露法「攻擊力不明——寫入筆記中了。」

夏露夏「接下來是最後一題，也是最關鍵的問題。」

別西卜「嗯……是什麼問題呢？」

夏露夏「在哈爾卡拉小姐遇害的那段時間內，別西卜小姐是在哪裡呢？」

別西卜「小女子把壺放在飯廳的桌上之後，就立刻來到妳們的臥室裡一同玩遊戲，並且從早上就與妳們待在一起。換言之，妳們都是小女子的不在場證人。」

**法露法與夏露夏　倒吸一口氣**

法露法「…………真的耶，法露法、夏露夏以及別西卜小姐一直都在玩遊戲。」

夏露夏「…………這是十分完美的不在場證明，根本顛覆不了。」

別西卜「其實小女子還沒玩夠喔！妳們想玩什麼？小女子帶來了各種遊戲！只要妳們肯成為小女子的孩子，就可以盡情玩遊戲喔～！」

夏露夏「姊姊，犯人不是別西卜小姐。」

法露法「沒錯，這個不在場證明非常完美。」

法露法「別西卜小姐，等謎團解開後再一起玩遊戲，麻煩妳先出去吧。」

別西卜「呃啊——！這真是令人大受打擊…………啊、對了，小女子有個好東西。嗯～～在哪呢？放到哪去了呢？」

夏露夏「現在不是玩遊戲的時候，還請妳諒解。」

別西卜「鏘～～！小女子幫妳們買了綜合點心包喔～！」

夏露夏　「…………姊姊，這世上有一句俗話是肚子餓了就不能打仗。」
法露法　「嗯，而且吃甜食有助於大腦運作！所以點心時間是不可或缺的！」
別西卜　「嗯嗯，妳們就多吃點，然後快快長大喔～……等等，不必急著長大沒關係，反倒是現在這模樣最可愛呢！」

**夏露夏N　「別西卜小姐送的點心非常美味。在這之後，我們便把萊卡姊姊找來偵訊室。」**

## ●第3幕　偵訊嫌疑人②　萊卡姊姊

**法露法與夏露夏　將萊卡傳喚至臥室**

萊卡　「打擾了……今日還請二位多多指教……」
法露法　「萊卡姊姊，妳不需要那麼拘謹喔。」
夏露夏　「只要以泰然自若的態度接受調查即可。」

萊卡　就座

萊卡　「話雖如此，得知哈爾卡拉小姐遭受那樣的事情……我實在無法保持冷靜。」

萊卡　「究竟是誰做出如此卑劣的行徑……而且還是從背後偷襲！我現在可是憤怒到快從嘴裡噴出火焰了！」

法露法　「萊卡姊姊，妳若是噴火會把房子燒了，所以拜託妳一定要忍住喔……」

夏露夏　「一旦房子燒掉，造成的傷害將遠在哈爾卡拉小姐遇襲之上，因此請妳自重。」

萊卡　「啊、真是非常抱歉！我一不小心太急躁了。」

法露法　「雖然在《名偵探──點心鋪的孩子》的『過硬餅乾事件』裡，點心鋪最終被犯人燒毀，但本起事件的規模並沒有那麼大。」

萊卡　「既然點心鋪都燒掉了，這部作品就無法繼續連載了吧……？」

夏露夏　「放心，下一集就是重建店鋪篇，內容是房仲公司的員工接連離奇死亡。」

萊卡　「這間點心鋪應該是受到詛咒了吧……」

## 經過一段時間

法露法　「那麼，萊卡姊姊，請問妳在哈爾卡拉小姐遇害的那段時間裡在做什麼呢？」

夏露夏　「嗯，人家也想知道。真相永遠只有一個。」

萊卡　「我隨著亞梓莎大人待在製藥室協助製藥，亞梓莎大人能為我證明此事。」

夏露夏　「妳有離開過房間前往飯廳嗎？」

萊卡　「那個～…………啊、我曾經為了取水，有從飯廳走到廚房。」

## 靈光乍現的音效

法露法　（有點陰險的語調）「咦～妳在那時沒有發現哈爾卡拉小姐嗎？」

萊卡　「因為…………我沒看見哈爾卡拉小姐倒在地上，而且我從沒想過哈爾卡拉小姐會倒在飯廳裡……」

法露法　（有點陰險的語調）「嗯～這就有點奇怪囉～因為呀～在萊卡姊姊妳去取水的那段時間，無人能肯定哈爾卡拉小姐已經倒在那裡囉～為何妳會堅稱自己沒發現倒地的哈爾卡拉小姐呢～？」

萊卡「……請問妳在模仿誰說話嗎？」

夏露夏「這是知名小說『偵探普爾巴達尼・達布倫』的說話方式。普爾巴達尼・達布倫在說話時，語調聽起來都會滿陰險的。」

萊卡「原、原來如此……但、但這件事不是我做的！」

法露法（有點陰險的語調）「不過妳依然有機會用那個壺襲擊哈爾卡拉小姐。換言之，妳沒有不在場證明可是事實喔～另外這類事件往往都是看起來最一本正經的人下手行凶呢～因此高原之家裡個性最正經的萊卡姊姊就是凶手囉～」

夏露夏「姊姊，這種說法太牽強了，必須繼續尋找其他證據才行。」

萊卡「總、總之不是我做的，畢竟我和哈爾卡拉小姐無冤無仇！」

法露法（有點陰險的語調）「關於下個問題～請問那個壺很重嗎？」

萊卡「是的，儘管對龍族而言不算什麼，但是應該有重到小法跟小夏妳們都拿不起來。」

法露法（有點陰險的語調）「哎呀～為何妳會知道壺的重量呢～？」

萊卡「啊！」

夏露夏「妳知道被當成凶器的壺有多重，這算是相當關鍵的證據喔。」

萊卡「不是的，純粹是我看見桌上放了一個壺，所以有試著拿拿看……」

萊卡　「咦，話說回來，哈爾卡拉小姐當時還沒有回到家中……」
法露法　（有點陰險的語調）「嗯嗯～？這跟妳剛剛說哈爾卡拉小姐已經倒下才沒發現的證詞互相矛盾喔～」
夏露夏　「當證詞出現矛盾時，必須想成是話語裡存在著破綻。」
萊卡　「妳們先等一下！先前的發言是我一時心急才口誤……真的是這樣，拜託請相信我……」
法露法　（有點陰險的語調）「不過呀，偵探的工作就是設法區分可以相信與不得不懷疑的事情喔～」
夏露夏　「奉勸妳趕緊說出真話，現在道歉還來得及，仍有機會回頭。」

**萊卡　忍不住從座位上起身**

萊卡　「我願意向這個世界的神明發誓，我絕對沒有傷害哈爾卡拉小姐！」
萊卡　「呼～呼～……」

**一段時間後**

法露法　「……既然萊卡姊姊都開口發誓了。」
夏露夏　「也就不得不相信她說的全是事實，代表凶手另有其人。」

萊卡　「光是聽見妳們願意相信我，我就很高興了。」
法露法　「畢竟萊卡姊姊是不會撒謊的。」
夏露夏　「關於萊卡姊姊是否有撒謊一事，我們認為妳沒撒謊，所以妳不是犯人。」
萊卡　「為了讓妳們今後也願意相信我，我會誠實地活在世上！」
**法露法N　「老實說，生性認真的萊卡姊姊根本不可能會做出這種事。於是我們將最後一位嫌疑人，也就是身為第一發現者的媽咪找來偵訊室。」**

## ●第4幕

**偵訊嫌疑人③　媽咪**
**法露法與夏露夏　將亞梓莎傳喚至臥室**

亞梓莎　「孩子們，我進來囉～喔～還挺有模有樣的呢。」
法露法　「媽咪，今日偵訊可不會講母女之情喔。」
夏露夏　「沒有酌量減刑的餘地。」
亞梓莎　「這句話是對犯人做出判決時才會說的吧……？」

亞梓莎「因為我是第一發現者，那我就仔細再敘述一次。當時我和萊卡正在一起製藥，過程中總會需要用水，由於之前已讓萊卡去拿過一次，因此這次換我去廚房拿水，結果就在飯廳裡聽見呻吟聲。」

法露法「我走過去一看便發現哈爾卡拉倒在桌子下，那個壺則掉在一旁。」

亞梓莎「筆記筆記。對了，媽咪，妳確定凶器就是那個壺嗎？」

夏露夏「啊！人家沒想到這個問題，那個壺有可能只是為了冒充為凶器才放在那裡！姊姊真厲害！」

法露法「哼哼～！因為法露法可是名偵探喔。」

亞梓莎「啊～其實哈爾卡拉的後腦杓腫了個大包，壺也稍微凹了一點，所以應該可以把壺視為凶器。我在幫哈爾卡拉施加恢復魔法時有確認過。」

法露法「既然如此，凶器就是那個壺囉～」

夏露夏「唔！夏露夏認為這是事件的關鍵。」

夏露夏「為什麼犯人要使用那個壺？它是別西卜小姐今日一早恰巧帶來的，而且又恰巧擺在飯廳桌上。」

法露法「也就是說——人家明白了！凶手是臨時起意使用剛好放在一旁的壺來攻擊哈爾卡拉小姐……！並不是事前計畫好的！」

亞梓莎「喔，妳們兩人推理得很有模有樣喔。」

法露法「媽咪，這可不是在玩扮家家酒喔。」

夏露夏「為了維護秩序與和平，必須將凶手繩之以法。」

亞梓莎「明白了，抱歉是我失言了。」

夏露夏「在《名偵探——點心鋪的孩子》裡，當居民有五十人離奇死亡時，身為主角的偵探為了讓城鎮恢復和平，可是拚命在追捕凶手。」

亞梓莎「這種城鎮也太可怕了吧，我覺得應該趕緊搬家。」

亞梓莎「那麼，妳們覺得快要揪出凶手了嗎？」

夏露夏「現在……該是集中精神的時候。」

亞梓莎「咦，夏露夏，瞧妳忽然閉上眼睛，難道是睏了嗎？準備要睡午覺了？」

法露法「不是的，媽咪，夏露夏是正在冥想。透過閉上雙眼沉思，進而推敲出事件的真相。」

亞梓莎「原來夏露夏還有這種能力呀！」

夏露夏「無念無想，無念無想……無念無想……什麼都別想，什麼都別想。」

亞梓莎「假如什麼都不想，就沒辦法追捕犯人了吧……？」

法露法「媽咪，不可以打擾夏露夏喔。」

亞梓莎「嗯……我會保持安靜的……」

## 靈光乍現的音效

夏露夏「……………………夏露夏知道凶手是誰了！」

亞梓莎「真的嗎？夏露夏，妳真棒！不愧是媽媽引以為傲的女兒！」

夏露夏「凶手就是…………媽媽。」

亞梓莎「咦咦咦咦咦！我是凶手!?」

法露法「媽咪，不可以做這種事喔！等等就讓我們一起去向哈爾卡拉小姐賠罪吧。」

亞梓莎「凶手不是我！話說回來，這件事的確道個歉就會被原諒了。」

夏露夏「人家接下來就開始解釋犯案手法。儘管可能無法長話短說，但還是希望媽媽可以聽人家把話說完。」

亞梓莎「好吧，媽媽會聽妳解釋，不過一旦有破綻，媽媽也會提出反駁喔。為了妳們，媽媽說什麼都不能成為犯罪者。」

夏露夏「媽媽去廚房取水時，在飯廳偶遇哈爾卡拉小姐，結果媽媽一時氣憤，於是拿起桌上的壺攻擊哈爾卡拉小姐，之後再以第一發現者的身分呼喊大家過來——結束。」

亞梓莎「內容真短！而且毫無詭計可言！另外一時氣憤是怎麼回事？媽媽才不會

突然就這麼情緒失控呢！」

夏露夏「人總是會有一時氣憤的時候。」

法露法「對呀，人就連一分鐘後會發生什麼事都無法預測，外加上小說裡的事件經常出現『那麼好的人怎會做出這種事情』等臺詞。」

亞梓莎「呃～此臺詞想表達的意思與一分鐘後突然大開殺戒是毫無因果關係喔……」

夏露夏「至於媽媽一時氣憤的理由，比方說…………哈爾卡拉小姐的胸部！」

法露法「啊～媽咪確實有說過希望胸部能變得跟哈爾卡拉小姐一樣大。」

亞梓莎「暫停暫停！那、那個……我是有嫉妒過胸部很大的哈爾卡拉，也懷疑過到底是基於生物學上怎樣的必然性才讓她擁有如此傲人的胸圍，但就算這樣也不會驅使我拿壺去襲擊她！」

夏露夏「除此之外還有其他證據。既然在媽媽之前去過廚房的萊卡姊姊堅稱自己沒有犯案，其他能犯案且沒有不在場證明的人——就只剩下媽媽妳了！」

亞梓莎「咦咦咦！我有異議！我有異議！這樣一來，萊卡同樣沒有不在場證明呀！」

法露法「因為萊卡姊姊發誓說自己絕對沒做，所以她是無辜的。」

亞梓莎「為何萊卡這麼說就可以，反觀我就不行？未免太不公平了吧。那我也發誓自己絕對沒做！事實上犯人也不是我。」

亞梓莎　「重點是飯廳的門沒有上鎖，任誰都可以進去。另外我不是在懷疑羅莎莉，但身為幽靈的她可以偷偷返回家裡，再讓壺飄於半空中砸向哈爾卡拉。」

法露法　「媽咪，在推理作品中，指認凶手為幽靈可是犯規喔。」

夏露夏　「這種論調是荒唐無稽且可笑至極。」

亞梓莎　「但幽靈真的存在，而且還和我們同居，另外這世上也存在著魔法喔……」

亞梓莎　「話說回來，我該怎麼做才能夠不再被當作凶手呢……？」

亞梓莎　「好～既然如此，媽媽也有自己的法子。」

法露法　「媽咪，奉勸妳趕緊認錯道歉喔。」

夏露夏　「故鄉的女兒正為了妳掩面哭泣。」

亞梓莎　「那個，我的女兒們就在眼前喔。」

**亞梓莎　從座位上起身**

亞梓莎　「好，首先從夏露夏開始。抱緊緊～～～～」

## 亞梓莎　把夏露夏擁入懷中

夏露夏「嗯……媽媽，妳想使出鎖喉勒斃人家嗎？在被指認後打算鋌而走險？」
亞梓莎「不是啦，這是抱抱。只要妳相信媽媽不是凶手，想要媽媽給妳多少個抱抱都可以喔～」
夏露夏「唔，對於這樣的交易……」

## 一段時間後

夏露夏「媽媽不是凶手。」
亞梓莎「謝謝妳喔，夏露夏～！這下就能確定我是無辜的了～」
法露法「夏露夏，不可以像這樣接受凶手的賄賂！偵探必須擁有一顆堅強的心！就像在《名偵探——點心鋪的孩子》裡也是破案之後才吃點心。」
夏露夏「……我們剛剛吃了別西卜小姐給的點心。」
法露法「啊、真的耶。」
亞梓莎「只要法露法也相信媽媽不是犯人，媽媽就會給妳抱抱喔～」

法露法　立刻跑向亞梓莎

法露法「最喜歡媽咪了～！」

亞梓莎「嗯嗯，妳們都好可愛～當真是超可愛的～」

夏露夏「不過這麼一來，搜查又回到原點了。」

法露法「凶手到底是誰呢～？」

傳來一陣敲門聲

哈爾卡拉「小法，小夏，妳們在嗎～？因為我已順利康復了，想說來跟大家報告一下～」

法露法「夏露夏。」

夏露夏「嗯，明白了，姊姊。」

法露法「哈爾卡拉小姐，拜託妳以事件犧牲者的身分公布真相！」

哈爾卡拉「嗯，這部分是沒問題…………可是我並沒有犧牲喔？到現在都還活著喔～？」

法露法N　**「我們兩人直接向受害者哈爾卡拉小姐詢問事件經過。如此一來，這起充**

滿謎團的事件就會真相大白。」

## ●第5幕　法露法與夏露夏　於臥室內聆聽哈爾卡拉的解釋

哈爾卡拉　「嗯～沒想到那個壺精準地砸在我的頭上呢～而且壺比我想像得更硬～甚至看見奶奶站在花田裡向我招手喔～」

哈爾卡拉　「但我在此時驚覺不對勁，於是開口說『奶奶妳還活著喔～』，結果奶奶就消失無蹤了，而我也隨之清醒過來。」

夏露夏　「換言之，凶器確實是那個壺。」

哈爾卡拉　「儘管確實是它將我砸暈，不過稱之為凶器就太誇大了啦～」

法露法　「此話怎說？難道哈爾卡拉小姐在此之前就遭受攻擊了？」

哈爾卡拉　「在那個壺從桌上掉下來之前，我就已經倒在地上了～」

法露法&夏露夏　「咦——！」

夏露夏　「不會是犯人在打倒哈爾卡拉之後……為了擺脫嫌疑而利用那個壺嗎!?」

法露法　「這麼一來，所有人都又有嫌疑了！」

哈爾卡拉　「不是的，妳們誤會了～我這就解釋給妳們聽～」

## 受害者解釋來龍去脈

哈爾卡拉「因為我今天休假，想說吃完午飯後就去逛街買東西，結果卻情不自禁地走進居酒屋想來一杯。」

法露法「聽起來十分符合哈爾卡拉小姐的作風。」

哈爾卡拉「然後就發生一件很不可思議的事情喔～」

夏露夏「不可思議的事情？該不會是發生什麼離奇現象嗎？」

哈爾卡拉「明明我只打算喝一杯酒，但最終不知為何竟然連喝六杯呢～！」

法露法「是妳的自制力太弱了！」

哈爾卡拉「於是我搖搖晃晃地慢慢走回高原之家。嗯～沒想到在喝醉的狀態下，這段路走起來還挺遠的耶～」

哈爾卡拉「在好不容易抵達家中之後，因為我已沒體力走回房間，於是直接趴倒在飯廳的地板上了～」

夏露夏「感覺這樣不是很衛生。」

哈爾卡拉「放心放心，因為酒能消毒呀～我說笑的啦～」

哈爾卡拉「總之我嘗試從地板上起身，於是想要扶著桌腳撐起身體，不過這一連串的動作讓桌子搖來晃去——」

法露法　「結果導致那個壺從桌上掉下來！」

哈爾卡拉　「沒錯沒錯！後腦杓被硬物命中後，我當場昏了過去！等師父大人走進飯廳以後，才終於有人注意到我～」

法露法　「……夏露夏，一切的謎團都解開了。」

夏露夏　「姊姊，這真是一場漫長的戰鬥。」

哈爾卡拉　「咦，瞧妳們的表情有點嚇人，發生什麼事了嗎？」

法露法　「所以……」

夏露夏　「犯人就是……」

法露法&夏露夏　「哈爾卡拉小姐！」

哈爾卡拉　「咦？犯人？我不記得自己做了什麼壞事喔……」

夏露夏　「罪狀是缺乏自制力，本想只喝一杯酒卻變成六杯。」

法露法　「以及平白給人添亂。」

夏露夏　「逮捕犯人。」

**法露法與夏露夏　用繩索綁住哈爾卡拉的雙手**

哈爾卡拉　「咦，這條繩索是怎麼回事～？妳們為何要綁住我的手呢～？」

法露法　「已把犯人繩之以法！」

夏露夏「為了公布真相，接下來要將凶手遣送至飯廳。」

哈爾卡拉「對不起，我願意老實招供！其實不只六杯，而是喝了八杯！」

**夏露夏N「真凶已正式落網，高原之家重拾和平的生活，但無人能肯定何時會再次發生凶殘的命案，令人們的笑容蒙上一層陰影。為了守住大家的笑容，偵探將繼續對抗邪惡。」**

## ●第6幕　高原之家的客廳裡

亞梓莎「嗯～～原來是這麼一回事，因為妳喝太多酒，所以本來就已經倒在地上呀。」

哈爾卡拉「是的，師父大人……各位，很抱歉這次驚擾到大家了……都怪我自己太不小心才會發生這種事……」

亞梓莎「反正當事者已經道歉，今日一事就無須再計較吧。」

法露法「沒錯！有句俗話是對事不對人！」

夏露夏「任何事件在解開真相之前往往是人心惶惶，一旦釐清以後，基本上都會覺得沒什麼大不了的。」

萊卡　「這次的真相確實也無足輕重。」

別西卜　「沒想到小女子帶來的壺還有這種用途……等等，想想它並沒有被拿來使用。」

哈爾卡拉　「這個壺比想像中更加堅硬喔……」

別西卜　「嗯，搞不好可以拿來當作武器。」

亞梓莎　「問題是我不太想把能當成武器的東西擺放在家裡當裝飾……」

亞梓莎　「不過整起事件已平安落幕，晚上就來慶祝一下吧。剛好家中有酒與飲料，羅莎莉也說過她在天黑之前就會從納斯庫提鎮回來了。」

法露法　「耶～！」

夏露夏　「真開心。」

哈爾卡拉　「喝酒囉——！」

亞梓莎　「啊、哈爾卡拉已經喝過酒了，所以晚上只准喝飲料。」

哈爾卡拉　「怎、怎麼這樣～……我保證，我這次絕不會喝到爛醉！」

萊卡　「哈爾卡拉小姐……妳應該多努力點克服誘惑。」

亞梓莎　「另外在《名偵探——點心鋪的孩子》裡，主角破案之後都會收到點心當獎勵對吧。」

亞梓莎「我們這就去弗拉塔村買點心吧！」
法露法「耶～！我是真的最喜歡媽咪喔！」
夏露夏「人總是需要獎勵來肯定自我，非常感謝媽媽的好意。」
別西卜「好～小女子下次就帶更多點心來給妳們吃。」
亞梓莎「比起那種怪壺，送點心的確會更好……」
別西卜「嗯？砸中哈爾卡拉的哀嘆之壺有點凹了耶……」
亞梓莎「嗯，難道這是高級品嗎？這樣的話還真是抱歉耶。」
別西卜「小女子在意的不是這件事……」
萊卡「請問有何不妥嗎？」
別西卜「關於這個哀嘆之壺……相傳它會詛咒害自己受損的對象喔。」
哈爾卡拉「咦，所以……妳的意思是…………」

## 哈爾卡拉似乎已受到詛咒

哈爾卡拉「那個，各位為何都看向我呢……？討厭啦～我現在可是活力充沛，才沒有受到詛咒呢…………!!嗚，胸、胸口忽然好痛……！」
萊卡「哈爾卡拉小姐，妳現在臉色發青！不，根本是開始泛紫了！」
哈爾卡拉「唔喔喔喔喔！胸口好痛！好痛啊！」

別西卜　「這是詛咒！是詛咒生效了！」
亞梓莎　「話說妳別拿這種會害人受詛咒的東西當禮物啦！嗚哇啊，得趕緊施加魔法解開詛咒……」
哈爾卡拉　「胸部被壓癟了……總覺得有股無形的力量把胸部壓癟了……！」
亞梓莎　「啊～胸部癟掉是嗎？那就不必處理了。」
哈爾卡拉　「師父大人！妳這是什麼意思!?拜託快幫我想辦法嘛！」
萊卡　「因為壺被稍稍撞凹，所以詛咒就讓哈爾卡拉小姐的胸部被壓癟。這樣確實滿合理的，可說是以其人之道還治其人之身。」
哈爾卡拉　「先不管是否合理，拜託快幫我想想辦法啦！」

**一段時間後**

法露法　「吶，夏露夏。」
夏露夏　「什麼事嗎？姊姊。」
法露法　「在這種真有詛咒存在的世界裡當偵探，感覺還滿空虛的。」
夏露夏　「這世上不存在任何恆久不變的事物。在某宗教的教義裡有這麼一句話——諸行無常，色即是空。」
亞梓莎　「哎呀，妳們的偵探遊戲已宣告結束了嗎？」

夏露夏「即使我們再無力，還是可以雙手合十禱告，現在就先讓我們來幫哈爾卡拉小姐祈禱吧。」

法露法「沒錯，哈爾卡拉小姐，祝妳趕快好起來～祝妳趕快好起來～痛痛都飛走囉～」

哈爾卡拉「那個，這類祈禱就不必了……如果可以的話，拜託師父大人快幫我施加解咒魔法啦～！」

完

# 萊卡以高原之家的家人們為模範的一日課外教學

Morita Kiseitsu
森田季節
illust. 紅緒

※本短篇是以第 4 片劇情 CD（第 12 集限定特裝版附贈的劇情 CD）為基礎增修而成。

## ●第0幕　高原之家的院子　岩石被摧毀的聲響

萊卡　「喝！喝！嘶吼吧！我的拳頭！」

亞梓莎　「喔～妳很厲害喔～萊卡！居然一拳就把如此巨大的岩石毀掉，真的很有一套呢～」

萊卡　「過獎了，我到現在都還不及亞梓莎大人妳的一根腳趾呢。」

亞梓莎　「嗯～我覺得妳應該不需要再提升威力了……」

萊卡　「沒那回事，這點程度就滿意的話只是傲慢，傲慢將導致身體的動作變遲鈍。」

亞梓莎　「我可以理解妳的心情，但偶爾嘗試看看武術以外的活動如何？或許能擴展自身的可能性也說不定。」

萊卡　「……唔，其實……我最近也漸漸開始懷疑，像這樣單純提升力量，會不會無法加強自己的真正實力……」

亞梓莎　「這樣啊～那妳要去請教其他家人對妳的特訓有何建議嗎？就像別西卜

萊卡　在今天……不如說是今天也跑來了……想想她老是跑來見法露法和夏露夏……」

亞梓莎　「說得也是！或許能從其他人的建議裡學到什麼！畢竟無論是誰都有機會成為自己的老師！亞梓莎大人，真是太感謝妳了！」

亞梓莎　「萊卡真是個認真的孩子呢……」

**亞梓莎N　「於是萊卡打算向每個人拜師請益。」**

## ●第1幕　高原之家的院子

別西卜　「原來如此，妳想把其他人當成老師，藉此找出自己的不足之處。妳的這種心態當真值得讚許。」

萊卡　「請別西卜小姐指點我！相信妳擁有一些專屬於魔族的知識。」

別西卜　「嗯～可是解釋魔族的農業給妳聽也沒有意義……至於其他唯獨小女子才能夠傳授的事物……」

別西卜　「小女子想到一個了。恰好掉在地上的那兩根長度剛好。萊卡，妳先把它拿在手上。」

萊卡　「這是兩根樹枝，請問到底要做什麼呢？」

別西卜　「妳用慣用手握住兩根樹枝，然後用它夾住四處亂飛的小女子。」

**別西卜　化成蒼蠅**

萊卡　「啊！居然變成蒼蠅了！」

別西卜　『畢竟小女子可是擁有蒼蠅王之名的人，自然也能化成蒼蠅。』

萊卡　「的確以兩根樹枝夾住飛行的蟲子，能夠做為鍛鍊注意力的特訓！相傳昔日某位有名的劍士，就是使用湯匙和刀子抓住蒼蠅！」

別西卜　『這軼聞聽起來有點不太衛生……那就開始囉！』

**蒼蠅飛行的聲音**

萊卡　「集中注意力，集中注意力……喝！」

**蒼蠅飛行的聲音**

別西卜　『妳失敗囉。』

萊卡　「看招！」

**蒼蠅飛行的聲音**

別西卜　『還不行，妳撲空了。』

萊卡　「專注，專注……喝！」

**蒼蠅飛行的聲音**

別西卜　『夾取的動作太僵硬了。』

萊卡　「把樹枝想像成宛如兩手般靈活行動……喝！」

**別西卜　化成蒼蠅來回飛行一段時間**

別西卜　『怎麼啦？想放棄了嗎？』

別西卜　『不，妳是不會放棄的，這一次就卯足全力試試看。』

萊卡　「…………抱歉，我已無法集中注意力，忍不住會想直接從嘴裡噴火來解決眼前的問題。」

**別西卜　變回人形**

別西卜　「喂！這太危險了！噴火已經犯規囉！絕對不行！害小女子嚇得恢復人形

萊卡　「……此特訓意外地很容易累積壓力，而我在太煩躁時可能會不慎噴火……像剛才就差點忍不住了。」

別西卜　「難保到時小女子會被妳烤成焦炭，這個特訓就先喊卡吧！到此為止！」

萊卡　「啊、要不然把特訓改成用火焰射擊化成蒼蠅亂飛的別西卜小姐妳如何？」

別西卜　「這提議也太不經大腦了吧！」

亞梓莎N　**「接著萊卡去找哈爾卡拉。」**

## ●第2幕

**高原之家附近的森林裡**

哈爾卡拉　「喔～萊卡小姐真有上進心呢～甚至讓我很想將妳的指甲垢拿去熬藥（註2），再透過公司銷售出去呢。」

註2　日文諺語，意即見賢思齊。

萊卡　「指甲垢很髒吧……對了，哈爾卡拉小姐，妳為什麼會來到森林裡呢？」

哈爾卡拉　「因為我無法指導妳武術，所以就帶妳來森林裡採香菇！」

哈爾卡拉　「……話雖如此，若是誤採毒菇也不太好，因此這次就來採集能當成藥材的石頭吧。」

哈爾卡拉　「這麼一來，日後當妳臨時要出外冒險之際或許能帶來幫助！」

萊卡　「是的！此舉也能順便提升自己的藥學知識！還請妳多多指教！」

哈爾卡拉　「那就出發囉～哎呀，立刻就發現了。真佩服我自己對於香菇以外的東西也如此敏銳呢～」

哈爾卡拉　「請看看這顆石頭，把它磨成粉混入藥草裡能夠提升療效喔～」

萊卡　「原來如此。筆記筆記。」

哈爾卡拉　「哎呀，又找到了！這就是十分有名的『賢者之石』。」

萊卡　「咦咦咦！堪稱是傳奇道具的『賢者之石』竟然出現在這片森林裡嗎!?」

哈爾卡拉　「……不是的，而是『想成為賢者卻於大學輟學之學生的石頭』。如果把它磨成粉服用，對不值一提的身體不適稍微有些療效。」

萊卡　「也就是不太能派上用場囉……」

哈爾卡拉　「這世上存在著許多不知能派上什麼用場的東西喔～同時也包含這種用途微妙的東西。啊、總覺得自己說了一句不錯的名言耶。」

萊卡　「……這確實不失為一種看待世道的想法。」

哈爾卡拉　「那就繼續往前走囉～這座森林裡還有許多很棒的石頭呢～」

哈爾卡拉　「哎呀，森林裡似乎還有其他人在喔～」

**法露法　快步跑了過來**

法露法　「萊卡姊姊好，哈爾卡拉姊姊好～」

哈爾卡拉　「啊，這不是小法嗎～？妳來森林裡玩耍呀～」

法露法　「因為我聽見妳們在聊石頭的事情，所以就跑來了。」

哈爾卡拉　「小法妳也對石頭感興趣嗎？哈爾卡拉老師我願意傾囊相授！因為石頭有別於香菇不會發生誤食的情況，所以由我指導姑且也能放心喔！」

法露法　「啊～那顆石頭的顏色看起來與其他顆不太一樣耶～」

萊卡　「經妳這麼一提，確實唯獨它非比尋常。」

哈爾卡拉　「咦？那顆石頭並不具有什麼療效喔～」

**布摩達拉利老師的背景音樂**

法露法　「這顆石頭是火山噴發所形成的喔～看來是很久以前噴發時飛來的吧～」

萊卡　「喔～～！我完全不知道還有這種事呢！」

法露法　「只要仔細觀察，就能發現此森林裡還有其他火山噴發後留下的痕跡喔～那麼，接下來就前往能夠欣賞地質斷層的那裡吧～」

萊卡　「是！剛好我也想學習關於地質的知識！」

哈爾卡拉　「暫停～！這麼做會改變教學的內容喔～！現在是學習具有療效的石頭吧～？」

法露法　「關於這附近的地質，在布摩達拉利老師的著作裡有詳細描述喔～」

萊卡　「小法懂得好多呢，真是讓我上了一課！」

哈爾卡拉　「妳們先等一下啦～！拜託別丟下我嘛～！」

哈爾卡拉　「不可以強搶別人的學生喔～！現在是哈爾卡拉老師的時間喔～！」

**亞梓莎N　「哈爾卡拉真是多災多難……在這之後，萊卡去找羅莎莉。」**

## ●第3幕　與高原之家相隔遙遠的樹海裡

萊卡　「羅莎莉小姐，我們來到頗為遙遠的森林裡，請問妳準備在這裡指導我什麼呢？」

羅莎莉　「萊卡大姊頭，妳只要再往前走一段路就會明白了。來吧，讓我們繼續前進！」

萊卡　「此處與高原之家附近的森林截然不同……總感覺整體顯得較為昏暗……」

羅莎莉　「大姊頭的直覺很敏銳，妳可以盡情感受這種陰沉的氛圍！那就繼續向前走吧！」

萊卡　「……唔～這裡彷彿入夜般十分漆黑……甚至讓人分不清方位了……」

羅莎莉　「啊～聽說有冒險者在進入這片樹海之後不幸遇難……反過來說，對於不想被找到的人而言倒是個好地方。」

萊卡　「難不成這裡已成為盜賊團的巢穴了？若有任何不法之徒，我是絕不會放過的！」

羅莎莉　「前方就是樹海的中心處了。」

萊卡　「明白了！我這就過去！」

**萊卡朝著樹海深處前進**

萊卡　「咦……？這附近完全沒有人的氣息…………咦？明明氣溫沒有多低，我卻莫名感到寒冷……」

羅莎莉（嚇唬人的語調）「那是因為……妳感受到幽靈的存在囉～」

萊卡「呀啊！請別說那種嚇人的話！」

羅莎莉（嚇唬人的語調）「但我說的全是真話喔～妳看那棵樹幹，上面好像有一張臉吧？其實有人在那裡上吊自殺喔～」

萊卡「拜託別說了！我不習慣聽人講……這、這類故事……」

羅莎莉「不習慣就得設法克服喔～大姊頭妳的力量很強大，可是有點膽小對吧？因此我才帶妳來到又被稱為自殺勝地的這片樹海裡，想說剛好能進行特訓。」

萊卡「我要閉上眼睛！我現在什麼都看不見！全都沒看見！」

羅莎莉（嚇唬人的語調）「閉上雙眼反而更毫無防備，幽靈會接連聚集過來喔～就像鬼壓床也只會發生在睡覺的時候對吧～」

萊卡「嗚哇啊！拜託真的別再說了！」

羅莎莉「大姊頭，很抱歉只能請妳忍忍了！因為這也是為妳好！」

**很像是幽靈的氣息**

萊卡「我好像聽見除了我們以外的聲音……」

羅莎莉「其實是一旁的地縛靈在幫妳加油喔。」

萊卡「我不需要這種聲援！」

很像是幽靈的氣息與聲音

萊卡「咦……這次彷彿聽見有人在叫我的名字……」

羅莎莉「是所有幽靈都在高呼著大姊頭的名字當啦啦隊，就這麼不斷重複大喊著。」

萊卡「呀啊——！拜託讓我靜一靜就好！不必來關心我！」

羅莎莉「大姊頭，請妳堅強點！它們只不過是幽靈！能做的最多就只是稍微詛咒一下別人，根本不值一提！」

萊卡「就是會詛咒才嚇人呀！拜託別詛咒我！」

羅莎莉「大姊頭，我同樣不忍心這麼對妳！但為了加強妳真正的實力，這是必須克服的一道難關！」

萊卡「……唔、唔唔……」

羅莎莉「喔、大姊頭，妳終於開始克服了嗎？只要冷靜下來就不覺得可怕了吧？反正就只是周圍有一些幽靈罷了。」

萊卡「…………因為我太過害怕，開始有想要噴火的衝動。」

**萊卡　即將失控**
**羅莎莉　心急如焚**

羅莎莉　「不可以噴火喔!?這片樹海中禁止用火！」
萊卡　「啊、對了，一旦樹海沒了，我就不必再畏懼樹海。」
羅莎莉　「不行！不能那麼做！不許抱持宛如破壞神執意毀滅世界般的偏激思想。」
萊卡　「我明白破壞大自然是不好的行為，偏偏我害怕到想噴火就類似於生理現象，我曾為了自保而反射性地噴出火焰。」
羅莎莉　「我知道了！就由我帶妳前往沒有幽靈的地方，所以拜託妳別噴火！幽靈們也都被妳嚇壞囉！」
萊卡　「我不敢睜開眼睛走路……難保一不小心就會噴火……」
羅莎莉　「妳想一路緊閉雙眼也ＯＫ！我來負責幫妳帶路！」
羅莎莉　「啊、這裡要向右轉！往前三步再向左轉！接下來直直往前走！前方有條三岔路！從那裡往右走！」
**亞梓莎N　「幽靈果然很嚇人。於是乎，萊卡很快就返回高原之家了。」**

芙拉托緹「萊卡，妳會怕幽靈那種東西嗎？看來紅龍族都是些軟腳蝦，根本不是本小姐的對手！」

萊卡「這、這是……屬於個性方面的問題！我本身一點都不弱，而且紅龍族並沒有比藍龍族弱！」

芙拉托緹「隨妳怎麼說。順帶一提，本小姐除了腦子比較弱以外都很強！」

萊卡「這種事沒什麼好得意的吧……？根本就等於宣布自己是個笨蛋喔……」

芙拉托緹「要是逞強說自己不笨的話，反倒有可能會讓人覺得自己很笨。換言之只要承認自己很笨，就算被人覺得自己很笨也無所謂！」

萊卡「唔！妳這句話聽起來也不算是毫無一絲哲理……」

芙拉托緹「所以本小姐都不念書！」

萊卡「妳果然只是個笨蛋，看來妳身上應該沒什麼值得學習的地方。」

芙拉托緹「我可以傳授噴出冰凍龍息的方法。」

萊卡「那種事就算天塌下來我也辦不到。妳果然沒有任何可以討教的地方……至於找妳練手，平常就有在做了。」

芙拉托緹　「既然如此，由我教妳音樂如何？」

**芙拉托緹　拿出詩琴開始演奏**

萊卡　「原來如此，記得妳很擅長音樂對吧。」
芙拉托緹　「妳就跟著人家唱唱看。**啦・啦・啦・啦・啦～♪**」
萊卡　（嚴重走音）「**啦・啦・啦・啦・啦～♪**」
芙拉托緹　「妳有點走音囉，再來一次。**啦・啦・啦・啦・啦～♪**」
萊卡　（走音程度沒之前那麼嚴重）「**啦・啦・啦・啦・啦～♪**」
芙拉托緹　「雖然還是嫩了點，這次就放妳一馬。再來。**龍・族・啦・啦・啦～♪**」
萊卡　（嚴重走音）「**龍・啦・啦・啦・龍～♪**」
芙拉托緹　「聽清楚人家的音階再唱一次。**龍・族・啦・啦・啦～♪**」
萊卡　（走音程度沒之前那麼嚴重）「**龍・族・啦・啦・啦～♪**」
芙拉托緹　「好，接下來會逐漸增加歌唱內容。**龍・族・啦・啦・啦～♪最強～最強～力量強大又帥氣～♪**」
萊卡　「這種歌詞簡直就跟三歲小孩寫出來的沒兩樣……妳好歹也活了上百年，難道都不覺得羞恥嗎？」
芙拉托緹　「那又怎樣！歌詞就只是臨時想出來的！快唱！」

萊卡　（嚴重走音）「**龍・族・啦・啦・啦~♪最強~最強~力量強大又帥氣~♪**」

芙拉托緹　「注意音階！**龍・族・啦・啦・啦~♪最強~最強~力量強大又帥氣~♪**」

萊卡　（走音程度沒之前那麼嚴重）「**龍・族・啦・啦・啦~♪最強~最強~力量強大又帥氣~♪**」

芙拉托緹　「有稍微好一點了，這次就一起合唱！」

芙拉托緹&萊卡　「**龍・族・啦・啦・啦~♪最強~最強~力量強大又帥氣~♪龍・族・啦・啦・啦~♪最強~最強~力量強大又帥氣~♪**」

芙拉托緹　「嗯，比起剛開始進步許多了。」

萊卡　「看來妳真的滿有音樂天分呢。只要對方指導過自己就算是師父，謝謝妳喔。」

芙拉托緹　「本小姐不介意讓妳多誇獎點喔！」

萊卡　「……只是歌詞聽起來太蠢，麻煩妳修改成更有內涵點的。」

芙拉托緹　「人家也不覺得這歌詞有多帥氣喔！單純是唱來練習用的！接下來就用正式的歌曲練習喔！」

**亞梓莎N　「本想說是哪來的怪歌，原來是特訓的一環……之後萊卡便隨著法露法和**

夏露夏前往遠處的城鎮展開校外教學。」

## ●第5幕 吾瀨達塔鎮內

萊卡 「小法、小夏，這次來到滿遠的城鎮呢。」
法露法 「萊卡姊姊，夏露夏的箱子裡裝著此次校外教學的主題喔。」
夏露夏 「這是人家剛剛在雜貨店買來的小箱子。」
萊卡 「我知道了，那就打開來看看吧。嗯～題目是『吾瀨達塔鎮為何會發展起來？』。」
法露法 「沒錯，今天就來看看這個城鎮是怎麼創立的吧～」
夏露夏 「我們就邊逛邊解開這個謎團。」
萊卡 「所以是來學習這裡的地理和歷史囉。」
夏露夏 「首先來看看這座城鎮的地圖。」

**萊卡　扭頭觀察周圍**

萊卡 「……城鎮兩側皆有很深的山谷。」

法露法「正是如此～我們前往城鎮的邊界去參觀山谷吧～不過在此之前——」

夏露夏「先去嘗嘗吾瀨達塔鎮的名產——吾瀨達塔麵包。」

萊卡「雖然是麵包，口感卻很有彈性，滿好吃的。」

夏露夏「這個麵包以非比尋常的彈性口感而聞名。」

法露法「我們就邊吃邊往前走吧！」

**萊卡、法露法與夏露夏　移動至城鎮邊界**

法露法「咀嚼咀嚼……看那邊，只要前往山谷底部……咀嚼咀嚼……就可以發現兩側有著……咀嚼咀嚼……很堅硬的岩壁吧。」

萊卡「咀嚼咀嚼……啊～真的耶。話說為何會形成這樣的山谷呢？」

夏露夏「這麵包……咀嚼咀嚼……很難掌握嚥下去的時機。咀嚼咀嚼。」

法露法「咀嚼咀嚼……其實這山谷……咀嚼咀嚼……是由柔軟的土壤組成……咀嚼咀嚼……在歷經河水長年以來的沖刷……咀嚼咀嚼……最終只將柔軟的部分沖刷掉了。咀嚼咀嚼。」

萊卡「原來如此，於是就讓這裡變成……咀嚼咀嚼……最適合創建要塞都市的地點。嚥下……終於吃完麵包了。」

法露法「那麼，接下來就返回城鎮，看看這裡的發展經過！不過在此之前——」

夏露夏　「先去嘗嘗吾瀨達塔鎮的名產——吾瀨達塔牛奶糖。」
萊卡　「吃起來甜甜的很美味……嗯～……卻非常黏牙。」
夏露夏　「這個牛奶糖以非比尋常的黏牙口感而聞名。」
法露法　「吃甜食剛好能消除疲勞呢～」

## 萊卡、法露法與夏露夏　移動至城鎮中心

夏露夏　「市區就交由……黏牙黏牙……熟悉吾瀨達塔鎮歷史的夏露夏……黏牙黏牙……來負責解說。」
萊卡　「黏牙黏牙……好的，小夏……黏牙黏牙……麻煩妳了。這牛奶糖不管怎麼嚼都不太會變小。」
法露法　「記得這牛奶糖的宣傳標語就是『一顆能吃上三百天』喔～黏牙黏牙。」
萊卡　「這未免也太誇大其詞了吧……黏牙黏牙。」
夏露夏　「那麼，黏牙黏牙……我們現在來到……黏牙黏牙……吾瀨達塔鎮最繁華的主要大街……黏牙黏牙。」
萊卡　「唔！牛奶糖黏在牙齒上弄不下來！」
夏露夏　「萊卡姊姊……黏牙黏牙……妳在看見這條街道之後有發現什麼嗎？此處存在著某種特徵。」

萊卡「我看看喔。明明是主要大街卻並非呈現直線，而是歪歪扭扭的。」
夏露夏「唔…………………牛奶糖黏牙到害人家無法張嘴。」
萊卡「這個牛奶糖吃起來還滿累人的耶……」
夏露夏「萊卡姊姊的觀察力真敏銳。不過這條街道還有另一個特徵，妳再思考看看。」
萊卡「會是什麼呢？嗯～……」
法露法「夏露夏就像一名真正的歷史學教授呢～♪」
夏露夏「除了街道本身以外，妳觀察一下與街道交錯的岔路。」
萊卡「剛好來到與街道交錯的岔路……啊！兩側的岔路無論是哪一條，全都是坡度平緩的上坡，這條主要大街則是位於最低處。」
夏露夏「妳答對了，萊卡姊姊。這條主要大街是河川留下的遺址，此處原本是一條小河。」
萊卡「喔喔！我現在稍微明白此城鎮是如何發展起來的！」
夏露夏「因為河道改變，導致這條小河徹底乾涸，居民便將河道遺址改建成主要大街。基於此因，唯獨這條街道顯得歪七扭八，沒有呈現一直線。」
萊卡「沒想到平常讓人隨意閒逛的城鎮，也存在著如此充滿特色的街道。著實讓我上了一課。」

夏露夏「只要學習歷史，在造訪陌生的城鎮時就會有許多新發現……若能因此讓妳對歷史再次產生興趣，人家會很高興。」
法露法「夏露夏今天顯得特別有活力呢～」
夏露夏「這點對姊姊來說也一樣。在參觀過這些地形之後，也能明白許多事情。果然光是窩在家中一直翻書，獲得的知識仍相當有限。」
法露法「嗯！有時也需要多呼吸點外頭的空氣喔！」
萊卡「……原來妳們鑽研的學問與現實息息相關，反之在日常生活裡也有許多事物與學問緊密相連。我忽然有種獲益良多的感覺。」
法露法「法露法很開心能幫上萊卡姊姊的忙喔！」
夏露夏「各種學問與各方人士相互融合，進而產生全新的事物，這便是當今學問的趨勢。」
萊卡「機會難得，我們就來逛逛這條主要大街吧。」
法露法「嗯！散步，散步♪」
夏露夏「散步有助於活化大腦，有許多哲學家就是在散步時得到靈感。」
法露法「啊！法露法發現一個好東西！」
萊卡「是什麼好東西？」
夏露夏「那裡有在賣吾瀨達塔鎮的名產——吾瀨達塔烤肉。」

法露法　「聽說是使用甜甜鹹鹹的醬汁，將羊肉燉煮到難以咬碎之後再拿去烤喔～」

萊卡　「……不覺得這城鎮有滿多食物都吃起來頗費時的嗎？」

夏露夏　「基於這個原因，此處居民的用餐時間都冗長到非比尋常。」

**亞梓莎N　「不出所料，這道羊肉料理吃起來也相當費時。」**

**亞梓莎N　「用餐完畢後，萊卡載著我的兩名女兒，於黃昏時分返回高原之家。」**

## ●第6幕　　高原之家的院子裡

萊卡　「亞梓莎大人，我今天一整天都在接受家人們的指導喔！」

亞梓莎　「嗯～萊卡的個性著實相當認真呢～不過看妳的表情，應該有獲得許多啟發吧。」

萊卡　「是的！這讓我明白一個道理——就是別一直埋頭在特訓中，要多多去接觸各種事物吸收新知！並且這些必定能為平日的特訓帶來益處！」

亞梓莎　「妳未免也太有上進心了吧！不禁讓我很好奇妳家雙親是採取怎樣的教育

方式！」
萊卡「……不過，該說是這一切的集大成嗎……？那個……」
亞梓莎「嗯……？妳為何忽然表現得這麼扭扭捏捏？」
萊卡「我還是希望以亞梓莎大人的指導來做為總結。」
亞梓莎「啊～原來是這樣呀。」
亞梓莎「可是～萊卡妳平常就有與芙拉托緹進行接近實戰的對打練習……依照妳今天一路下來的體驗，最好是唯獨我才能夠指導的內容……不過關於藥草的知識，因為妳平常偶爾就會來幫我，所以也知道不少吧。」
萊卡「接下來要做什麼呢？亞梓莎大人。」

**一段時間後**

亞梓莎「……好，我知道了，就傳授妳一個由我親自構思出來的特訓方式！」
萊卡「真是太感謝妳了！我會卯足全力配合的！」
亞梓莎「首先是院子！迅速將院子裡的雜草通通拔乾淨。」

**萊卡　準備開始在院子裡拔草**

萊卡「我明白了！這是讓人能以壓低重心的姿勢迅速發動攻擊的運動吧！」

亞梓莎　「預備，開始！」
萊卡　「喝！喝！喝！」

**萊卡　以飛快的速度拔草**

亞梓莎　「很好！非常好！別光靠下半身，而是要使用全身的肌肉來行動！」
萊卡　「呼！呼！呼！」

**萊卡　以極快的速度拔草**

萊卡　「完成了！」
亞梓莎　「也太快了吧！以遠比我想像中更短的時間就把雜草拔乾淨了！」
萊卡　「因為我有集中注意力，是透過五感掌握雜草的位置，並非單靠雙眼而已。」
亞梓莎　「抱歉，我聽不懂妳想表達的意思。」
萊卡　「多虧羅莎莉小姐的特訓，我能感應到雜草的氣息，因此就算沒使用視覺來辨識，也能大略掌握每株雜草的位置。」
亞梓莎　「妳是哪來的絕世高手嗎!?」

**萊卡與亞梓莎　移動至家中的客廳**

亞梓莎「那麼，接下來在家中進行特訓。」
萊卡「是，我已按照亞梓莎大人妳的吩咐，將沾水的抹布拿過來了。」
亞梓莎「妳就用抹布把牆壁全擦乾淨！」
萊卡「遵命！」
亞梓莎「預備，開始！」
萊卡「喝！喝！喝！喝！喝！喝！喝！喝！喝！喝！嘿咻！嘿咻！嘿咻！」

**萊卡　以極快的速度擦拭牆壁**

萊卡「完成了！」
亞梓莎「未免也太扯了吧!?這屋子算是滿大一間的喔!?」
萊卡「其實平常飄在家中的羅莎莉小姐，曾跟我提過弄髒的有哪些地方，所以我從頭到尾都沒有浪費一點時間，把提到的地方全擦拭乾淨了！」
亞梓莎「又是羅莎莉！不過……假如可以的話，希望也能將看起來不髒的地方都擦過一遍……」
亞梓莎「算了，無妨。下一站是廚房！」

**萊卡與亞梓莎　移動至廚房內**

萊卡「洗碗槽裡堆滿未清洗的餐具，不難想像接下來是——」

亞梓莎「沒錯！就是將所有餐具洗乾淨的特訓！」

萊卡「總覺得難度比方才擦拭牆壁的特訓降低許多。」

亞梓莎「沒、沒那回事！來吧，使用能有效去除油漬的肥皂開始特訓！」

**萊卡　清洗餐具中**

萊卡「**龍・族・啦・啦・啦～♪最強～最強～力量強大又帥氣～♪**」

亞梓莎「居然邊洗碗盤邊唱起歌來！另外歌詞還相當獨特！」

萊卡「**龍・族・啦・啦・啦～♪最強～最強～力量強大又帥氣～♪**」

亞梓莎「這首歌莫名頗洗腦的！」

萊卡「**完・完・完・完・完成了～♪**」

亞梓莎「當這是哪來的音樂劇嗎！」

**一段時間後**

萊卡「請問下一個特訓是什麼呢？」

亞梓莎「妳的動作真快耶～如今也沒有其他要做的事情，畢竟我已將晾乾的衣物都疊好了……」

萊卡「那個，亞梓莎大人，雖然此事有些令人難以啟齒……」

亞梓莎「嗯？有什麼事情嗎？」

萊卡「請問妳是假借特訓的名義在叫我做家事嗎？」

亞梓莎「真不愧是萊卡，妳已經發現啦……真要說來是妳早就察覺了吧。」

萊卡「那個，亞梓莎大人，我並不排斥幫忙做家事，不過我還是想接受特訓！拜託妳幫我進行與眾不同的特訓吧！」

亞梓莎「……萊卡，妳這麼說就不太對了。」

萊卡「咦，此話怎說？」

亞梓莎「並非只要與眾不同就叫做特訓，反倒是日常生活之中——存在著各種能當成特訓的事情不是嗎？」

**萊卡　倒吸一口氣**

萊卡「的確真是這樣！對了……我才剛從小法和小夏那裡學到日常生活與學問息息相關的道理……如此一來，日常生活也與特訓是密不可分。我竟把這件事給忘了！」

亞梓莎　「（嗯，萊卡果然是生性認真……）」
萊卡　「亞梓莎大人，謝謝妳幫我進行特訓！」
亞梓莎　「（或許她還滿容易唬弄的……？）」
萊卡　「請問妳剛才有說什麼嗎？」
亞梓莎　「我什麼都沒說。」
亞梓莎　「那麼，不管怎麼說，萊卡妳今天都非常努力，我得獎勵妳一下才行。」

## ●第7幕　高原之家的飯廳裡

芙拉托緹　「是肉！有好多肉！今天是肉食饗宴！」
法露法　「好多肉，好多肉～！」
夏露夏　「有時也需要奢侈一下。」
別西卜　「牛肉、豬肉、雞肉、羊肉以及野豬肉，真虧妳今天能做出這麼多肉類料理。」
亞梓莎　「各位～雖然想吃多少都沒問題，但是不可以把萊卡還沒嘗過的料理吃光喔，因為今天的主角是萊卡。」

萊卡　「亞梓莎大人，每種料理我都已經吃過了，所以不要緊的。」

亞梓莎　「我對吃這方面是絕無妥協！」

別西卜　「小女子倒是希望能有更多辣味料理。」

亞梓莎　「那可不行，假如以別西卜妳為基準，將會辣到大家都吃不下去。」

別西卜　「下次我得在這裡存放一些自製的地獄辛香料。」

亞梓莎　「我是不太希望家裡存放著那種名稱冠有地獄二字的東西……」

羅莎莉　「大姊，其實我一直很好奇，吃東西真有如此令人開心嗎？」

亞梓莎　「或許羅莎莉妳不太能明白，但基本上是會開心喔。」

羅莎莉　「不過這就只是將屍體吃進體內吧。」

亞梓莎　「妳這論點太現實了啦！話說羅莎莉妳生前也吃過東西吧！這種幽靈笑話真是滿難懂的！」

亞梓莎　「撇開這件事不提，因為萊卡有好好幫忙做家事，一整天又很有上進心地向許多人學習，所以現在能盡情享受一下。」

萊卡　「那果真是在幫忙做家事。」

亞梓莎　「畢、畢竟家事也是一種特訓……」

哈爾卡拉　「嗯～在慶祝的時候就應該大肆慶祝喔～！」

芙拉托緹　「哈爾卡拉妳根本沒吃幾塊肉，一直在那邊喝酒。」

哈爾卡拉「對於素食主義的精靈而言，自然是酒比肉更吸引人囉～哈哈哈哈～～」

亞梓莎「哈爾卡拉，想喝酒是無所謂，可是要記得有所克制，別醉到隨地亂嘔吐囉。」

哈爾卡拉「今天沒問題的！原因是我會在大事不妙之前，先跑到廁所再吐出來！」

亞梓莎「這行徑簡直就跟羅馬時代的貴族沒兩樣……」

**一段時間後**

萊卡「……各位，我很慶幸自己能夠生活在高原之家！」

羅莎莉「別這麼說，除了原本就住在這裡的大姊以外，萊卡大姊頭妳可是我們之中的大前輩喔。」

法露法「沒錯沒錯～確實是這樣呢～萊卡姊姊是大前輩～」

夏露夏「身為後輩，人家想多多向前輩學習。」

萊卡「不不不！請別稱呼我為前輩！這太令人害臊了！」

哈爾卡拉「前輩～前輩～♪」

芙拉托緹「既然萊卡會排斥的話，人家就要故意繼續叫妳前輩！」

萊卡「亞梓莎，大家都在欺負我！」

亞梓莎「好啦好啦，大家要適可而止喔。」

亞梓莎「話說回來……我有滿多時候都覺得自己應該好好向妳那認真的個性看齊，所以我偶爾也把妳當成前輩看待如何？」

萊卡「這樣會令我很困擾的——！」

別西卜「妳們的感情真好耶……小女子只需每三天感受一次這樣的氛圍就足夠了。」

亞梓莎「就算這樣，妳跑來這裡的頻率還是太高囉！」

別西卜「畢竟小女子總得來見見女兒們嘛！」

亞梓莎「禁止妳將法露法和夏露夏稱呼為女兒！」

完

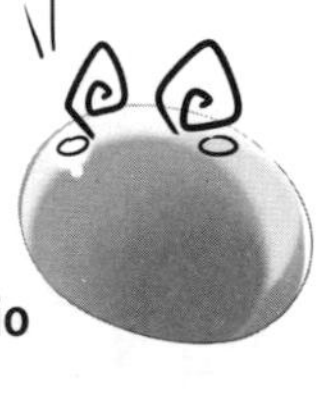

# 後記

大家好久不見，我是森田季節。

本想說是在不久之前才撰寫到桑朵菈成為家人的劇情，結果卻發現其實是很久以前了……令我不禁覺得真虧自己能以如此散漫的心態連載本作。但我決定當作是這種慢活步調有得到各位的青睞，真的非常感謝大家。

不過我打算替高原之家增添些許變化，才會在本集加入名為寶箱怪的寵物（？）。至於它會給一家人帶來怎樣的變化，因為它在下一集也會登場，所以請各位拭目以待！

那麼，本系列作已來到第十五集，發行本作的刊物也恰好正逢創刊十五週年，還真是值得慶祝呢！

說起十五年，這差不多就是信長於本能寺之變身亡，繼承天下的秀吉即將死去所經歷的時長。雖然這個比喻有點不太吉利，總之我想表達的就是這段期間足以讓歷史改朝換代了！

聽說GA文庫與GA novel旗下作品聯合舉辦網站活動「GA FES 2021」，相傳在該活動裡將會公開許多《狩獵史萊姆三百年》電視動畫的相關情報，真令人期待呢！（我會把網址張貼在最後一頁！）

但在看見與其他作品的角色一字排開的插畫之後，我發現亞梓莎的帽子大到很占位子。在這張分成三層左右的插畫裡，亞梓莎被安排於最上層，這完全就是當許多人一起合照時，長太高的人自然而然被排到最後面的情況吧（笑）。

那麼，在接下來的第十六集精裝版中將會附贈第六張劇情CD！沒想到就連劇情CD也推出至第六張了……此預約活動已經開跑，要是大家不嫌棄的話歡迎預約！至於內容是高原之家的成員們竟然都跑到相澤梓在原來世界的住處！本集預計於四月（※此指日本時間）發售！

說到劇情CD，這本第十五集有收錄第三張和第四張劇情CD的劇本。畢竟機會難得，我就來解說一下關於這部分的事情吧。

劇情CD的題材大多都是難以透過小說的形式呈現出來，因而請人配音錄製，比方說法露法以偵探的怪腔怪調說話、萊卡和芙拉托緹唱起龍族之歌，以及別西卜化成蒼蠅飛行時產生的聲音都是如此。

像這種本來是供人聆聽的內容改以文章的形式呈現，自然無法原汁原味地傳達出來，著實令我相當難過……就請大家自行腦補聲音來閱讀了！

另外，劇情CD的故事架構原則上是無法寫入本篇小說內（嚴格來說並不是無法寫進去，而是我不想這麼做），原因是內容都並非以亞梓莎為視角來敘事。

儘管這種事根本無須在第十五集的後記裡再次提起，但本篇至今一直是以亞梓莎的第一人稱視角來推動故事。從沒出現過當她不在時，其他角色在做什麼事的劇情。換個方式解釋，就是這部小說無法透過主角亞梓莎的第一人稱視角以外的形式來撰寫故事。基於此因，劇情CD都會刻意安排亞梓莎以外的角色來擔任故事主角。

當然劇情CD也是商品，因此不可能會出現只有法露法跟夏露夏在嬉戲，其他角色都沒登場的內容……不過我也有提醒自己要寫出有別於本篇的故事。

至於第六張劇情CD就是描述一段絕不可能發生在本篇裡的故事，請大家務必購買精裝版來聽聽看！——呃、到頭來就只像是在打廣告！

接下來是關於小說以外之改編作品的消息。

首先是シバユウスケ老師負責改編的漫畫第八集將於三月發售（※此指日本時間）！漫畫的集數也持續增加，而且桑朵菈也在漫畫中登場了！今後同樣是各種由高原之家一家人編織而成的溫馨故事，懇請大家多多指教！

接下來是關於電視動畫。

目前預定於二〇二一年春季開播，自現在起正如火如荼地準備中！

話雖如此，原作者基本上不太需要做什麼事（原作者終歸是原作者，並非動畫的製作成員之一），因此我決定以一名觀眾的身分，期望到時能看見一部好動畫。動畫製作公司的各位，接下來就交給你們了！

另外由本渡楓小姐（飾演萊卡）與千本木彩花小姐（飾演法露法）所主持，每部片長一分鐘的網路廣播節目《狩獵史萊姆三百分鐘》是每天都會播送喔！

儘管廣播是在指定的時間才能夠收聽，不過該節目也有上傳至YouTube，所有更新的內容都可以收聽，如果大家不嫌棄可以去聽聽看！

最後是謝辭。擔任插畫的紅緒老師，謝謝您繼續負責設計新角色！也真的十分感謝負責漫畫改編的シバユウスケ老師跟參與動畫製作的每一個人！並且多虧所有讀者的支持，本作才得以連載這麼多集！請接受我最誠摯的感謝！

雖然本系列作成為長篇連載，但相較於三百年就只像是些微的誤差，我是希望今後也能像這樣繼續悠悠哉哉地連載下去！還請大家多多指教！

森田季節

# 持續狩獵史萊姆三百年，不知不覺就練到LV MAX 15

（原名：スライム倒して300年、知らないうちにレベルMAXになってました15）

著　　者／森田季節
繪　　者／紅緒
譯　　者／御門幻流
執 行 長／陳君平
美術總監／沙雲佩
國際版權／黃令歡、高子甯、賴瑜妗
榮譽發行人／黃鎮隆
美術編輯／陳聖義
文字校對／施亞蒨
協　　理／洪琇菁
執行編輯／石書豪
內文排版／謝青秀

出　　版／城邦文化事業股份有限公司 尖端出版
台北市中山區民生東路二段一四一號十樓
電話：（〇二）二五〇〇—七六〇〇
傳真：（〇二）二五〇〇—二六八三
E-mail: 7novels@mail2.spp.com.tw

發　　行／英屬蓋曼群島商家庭傳媒股份有限公司城邦分公司　尖端出版
台北市中山區民生東路二段一四一號十樓
電話：（〇二）二五〇〇—七六〇〇（代表號）
傳真：（〇二）二五〇〇—一九七九

中彰投以北經銷／楨彥有限公司（含宜花東）
電話：（〇二）八九一九—三三六九
傳真：（〇二）八九一四—五五二四

雲嘉以南／智豐圖書有限公司
（嘉義公司）電話：（〇五）二三三—三八五二
傳真：（〇五）二三三—三八六三
（高雄公司）電話：（〇七）三七三—〇〇七九
傳真：（〇七）三七三—〇〇八七

香港經銷／一代匯集
香港九龍旺角塘尾道六十四號龍駒企業大廈十樓 B&D室
電話：（八五二）二七八三—八一〇二
傳真：（八五二）二七八二—一五二九

新馬經銷／城邦（馬新）出版集團 Cite（M）Sdn. Bhd.
E-mail: cite@cite.com.my

法律顧問／王子文律師　元禾法律事務所
台北市羅斯福路三段三十七號十五樓

二〇二四年二月一版一刷



■中文版■

郵購注意事項：
1.填妥劃撥單資料：帳號：50003021戶名：英屬蓋曼群島商家庭傳媒(股)公司城邦分公司。2.通信欄內註明訂購書名與冊數。3.劃撥金額低於500元，請加附掛號郵資50元。如劃撥日起 10～14日，仍未收到書時，請洽劃撥組。劃撥專線TEL：(03)312-4212 ・ FAX：(03)322-4621。E-mail：marketing@spp.com.tw

國家圖書館出版品預行編目資料

**持續狩獵史萊姆三百年，不知不覺就練到 LV MAX**
/ 森田季節作；御門幻流譯. -- 一版. -- 臺北市：城邦文化事業股份有限公司尖端出版：英屬蓋曼群島商家庭傳媒股份有限公司城邦分公司尖端出版發行，2024.02-
冊；　公分
譯自：**スライム倒して 300 年、知らないうちにレベル MAX になってました**
ISBN 978-626-377-507-7（第 15 冊：平裝）

861.57　　112019455